D+

dear+ novel

koishita oujini hahaueto yobareteimasu

恋した王子に義母上と呼ばれています

渡海奈穂

新書館ディアプラス文庫

恋した王子に義母上と呼ばれています

contents

illustration：もちゃろ

恋した王子に義母上《ははうえ》と呼ばれています
koishita oujini hahaueto
yobareteimasu

1

「おまえがそうか」

高処《たかみ》からこちらを見下ろす男が、低い、深みのある声で訊ねてくる。

（そうって、何が？）

恵那《えな》は男の前で、ただただ立ち尽くすばかりだった。

金色の浮き彫りで人や草花などの模様がこれでもかと彫り込まれた柱、やはり金の額縁《がくぶち》で飾られた天井画、壁面も金の浮き彫りの他にビロードや大理石のようなもので飾り立てられた、目が眩《くら》むような煌《きら》びやかな広い部屋の中。

階段状に高くなる部屋の頂点に巨大な机と異様に背もたれの高い椅子が置かれ、そこからじっと恵那を見下ろしてくる男の歳は四十代半《なか》ばか、もう少し上か。緩《ゆる》やかなカーブを描く長い髪と口許《くちもと》の髭《ひげ》は濃い灰色をしていたが、年齢で白いものが混じっているというよりも、生まれ持った色のようだった。瞳は濃い緑色。下がり気味の目尻には皺《しわ》が刻まれていたが、印象は柔和さとは縁遠く、睨まれているわけでもないのに恵那は射竦《いすく》められたような気分になる。

「は――御意《ぎょい》にございます」

部屋の荘厳《そうごん》さと男の威容《いよう》に呑まれて立ち竦《すく》み何も言えない恵那に代わって答えたのは、男よりもずっと年嵩《としかさ》に見える、濃紺のローブを身につけた老人だった。他にも同じくローブを着た男たちが四人ほど、恵那の後ろで床に膝を突き、深々と頭《こうべ》を垂《た》れている。

どう見ても彼らの方が奇妙な格好をしていると思うのに、恵那には段々と、ありふれたスーツにネクタイ姿の自分が場違いな気すらしてきた。

「異界からの賓《まろうど》よ。突然我が国に召されてさぞ戸惑っていることであろうが」

「はあ……」

たしかに戸惑っている。何しろ恵那はついさっきまで、いつも通り会社のオフィスでノートパソコンの画面を見ながら、顧客に電子契約書のメールを送ろうとしているところだったのだ。

それが突然重力を失ったかのように体が浮き上がったかと思うと、ローブ姿の男たちに囲まれ、妙な机の上にほんの数センチほど落ちた。ローブ姿の男たちは異様な熱狂に沸き立ち、口々に「やった」「うまくいったぞ」というようなことをわめき立ててから、熱っぽい目で恵那を見ると、やはり「賓《まろうど》よ」と呼びかけたのだった。

恵那が『落ちた』のはどうやら教会とか礼拝堂とか呼べそうな建物の中で、そこからこの部屋のある建物に連れてこられる間、混乱しっぱなしだった。

(何が何だか)

魔法。魔術。儀式。そんな馬鹿馬鹿しい文字が恵那の頭に浮かぶ。だがローブ姿の男たちは、宗教と縁遠い人生を送ってきた恵那にも、自然と『聖職者』という職業が浮かぶような佇《たたず》まいを持っていた。そして恵那が落ちた机は真紅《しんく》の布が敷かれ、何だかよくわからない石だの、骨だの、壺《つぼ》だの、宝飾品や草花に埋《う》められた『祭壇』だった。

(仕事中に寝落ちたのか?)

そう思いたいのに、ひんやりとした部屋の空気も、側《そば》で跪《ひざまず》くローブ姿の男たちの息遣いも、どうも、生々しい。夢にしてはすべてが明瞭すぎる。

「余《よ》はこのカルバスの国王リュジス、おまえを呼び出した主《あるじ》だ」

「国王……主……」

相手が口にしたのは聞いたこともない国の名だったが、ローブの男たちが聖職者であると感じたのと同様、椅子に座る男のことも恵那は当然のように、

(王様だ)

と思っていたから、国王だと言われてもさして驚きはしなかった。

驚いたのは、その『王様』が自分に対して主と言い放ったことだ。

「ええと。呼び出したっていうのは、俺に臣下になれとか、そういうことですか?」

相手が主人なら対《つい》になるのは従者だろう。困惑したまま恵那が訊ねると、王は髭の下で、唇を吊り上げて笑ったように見えた。

その王の体を取り巻くように、髪と同じような深みのある灰色の光が浮かんでいる。ときおり青くなったり、緑になったり、光を乱反射するように様々な光を閃《ひらめ》かせていた。

（何だ、これは？）

恵那が怪訝《けげん》に思ったのは、妙な光がリュジスの体の周りに浮き上がっているからではない。むしろそれは恵那にとっては見慣れた光景だったのだが、問題は、その色だった。

（この人は、何だか色が混沌《こんとん》とし過ぎててよくわからない……こんなの初めてだ）

恵那はちらりと自分の両脇に直立不動の姿勢で立っている男たちを見遣った。左右に二人ずつ、襟《えり》が高く、裾《すそ》の長い上着を身につけ腰に剣を帯《お》びた、いかにも騎士という格好の屈強《くっきょう》な男たちだ。彼らの髪の色がくすんだ空色だの、艶《つや》のないオレンジだの、日本どころか他のどんな国でも見たことのない色をしているのはとりあえずどうでもいい。恵那が気にしたのは彼らの全身から浮かぶ色の方だ。

（猜疑心《さいぎしん》……、と警戒）

濃い黄色と、濁《にご》った赤。見慣れた色になぜかほっとしながら、恵那はさらに、ローブ姿の男たちを振り返る。彼らが身に纏《まと》う光は、明るい萌黄色《もえぎいろ》、澄んだ青の淡い光。希望。期待。喜び。誇らしさ。こちらに対する好意も感じられた。

（ちゃんと見えるよなあ）

「――臣下なら間に合っている」

王の声が聞こえ、恵那は慌てて彼の方に向き直り、相手を見上げた。

「じゃあ、何のために俺はこんなところに呼ばれたんですか」

現実感が希薄なまま、とりあえず訊ねる恵那に、リュジスはにこりともせず再び口を開く。

「おまえに求めるのは余の妻になること。そして、世継ぎを産むことだ」

妻。世継ぎ。

言われている言葉の意味はわかるが、わかるからこそ、恵那は混乱した。

(やっぱりこれ、夢なのか?)

カルバスとかいう知らない国――異界?――に魔法とやらで呼び付けられた挙句、女になったという、とんでもない夢でも見ているのかもしれない。

そう思って恵那は自分の体に目を落とすが、身に纏っているのは、間違いなくスーツにネクタイだ。貧相というほどでもないがどちらかといえば細身の、凹凸《おうとつ》のない、平らな、どう見ても男の体だった。恵那は再びリュジスを見上げる。

「……無理では?」

そう答えるほかない。

リュジスが恵那に向けた目を軽く細めた。まるで値踏みされているような感触で、恵那は落ち着かない気分を味わわされる。

「申し分ない魔力だ。その身であれば余の種を宿すのに充分であろう」

「魔力?　……種?」

「名を何と言う」

「え？　恵那悠一郎《ゆういちろう》です」

「ではエナを部屋まで案内いたせ」

まともな会話になっている気がしない。だがリュジスにもっと何か言おうとして恵那が口を開いた頃には、ここに連れて来られる時にもそうされたようにシーツほどの大きな白い布を頭から被《かぶ》せられ、両脇をローブ姿の男五人に固められていた。騎士たちも恵那の前に二人、背後から残りの男たちが陣取り直し、流れるように、出口へと向かって歩かされる。

「いや、待って、待ってくれ！」

恵那は慌てて背後を振り返った。軽く眉を上げたリュジスがこちらを見下ろしている。

「さすがに意味がわからない！　俺は男で、子供なんて産めません！　大体ここがどこだかもわかってないし、何の説明もないのはあんまりだ！」

このままではまずいと、恵那の脳が必死に警鐘《けいしょう》を鳴らしている。夢ならば覚めるだろうと呑《のん》気《き》に構えている場合ではない。

「説明ならばサージュよ、おまえが仔細《しさい》にしてやるといい」

「はっ」

リュジスの言葉に、サージュと呼ばれたローブ姿の男が深く頭を下げて返答する。

それでもう用は済んだとばかり、リュジスは机の上に置かれた書類に目を落とし、二度と恵那に視線を向けようとはしなかった。

「参りましょう、王妃」

サージュの言葉が自分に向けられたものだと恵那が理解するのに、数秒を要した。

「王、妃？」

そしてその言葉の意味が脳に到達する前に、恵那はローブ姿の男たちや騎士たちによって部屋を押し出され、呆然と、再び大理石の廊下を歩かされた。

恵那は男たちから追い立てられるように、よろめきながら廊下を進んだ。

「あのっ、これは一体」

とにかく少しでも状況を説明してもらおうと、隣を歩くサージュに呼びかけるが、そのサージュが突然ひどく驚いたように立ち止まった。

サージュがサッと腰を屈《かが》めるのと同時に、恵那も自分たちが進む方向、廊下の向こうへと反射的に視線を動かした。

（痛い……）

そちらから、刺さるような視線、というのにぴったりなものを感じたのだ。

目を向けた先に、恵那と同じく二十代半ばほどに見える若い男が立っていた。

長身に、細身だがしっかりとした体つき。上下とも黒い、恵那の前を歩く騎士たちと似た服を身につけていたが、二人よりも首周りや肩、袖や襟に飾りが多いから、ひと目で彼らよりも随分と身分が高いことがわかる。髪はくすんだ緑色。瞳はさらに濃い緑。日に焼けているのか元々の色なのか、肌は褐色《かっしょく》に見えた。彫りが深く、目は切れ長で吊り上がり、眉が近い。やたら整った顔立ちだったが、端正さよりも恵那の印象に残るのは、ただ『怒り』とか『憎悪』だった。

(――あれ？)

怒りは真紅、憎悪はそこに黒の混じった色。

なのにその色が男のどこにも見えないことに、恵那は困惑した。

慌てて辺りを見回すと、騎士たちは片手を心臓の上に当てるおそらく敬礼の姿勢を取り、ローブ姿の男たちは揃って膝を曲げて腰を屈め、深く顔を伏せる格好になっている。彼らの体からは、それぞれ畏敬《いけい》や緊張を表す色がゆらゆらと浮かんでいた。

(ちゃんと見える……のに、どうして、あの人だけ？)

リュジスも感情が読めなかったが、それは恵那の見たことのない色が浮かんでいたせいだ。

だが、男からは、色そのものが見えない。

(こんなの初めてだ――)

立ち尽くす恵那の方へと、男がゆっくり歩み寄ってくる。恵那を囲む男たちからは、さらに緊張の色が大きく立ち上《のぼ》った。

「エナ様、顔をお伏せください」

緊迫した声でサージュに囁かれ、恵那は反射的にそれに従ってしまった。

「異界から陛下の新たな花嫁の召喚《しょうかん》に成功したとの報告を受けたが」

低く、よく響く、だた耳から凍りつきそうに冷たい声だった。

「この俺に、挨拶《あいさつ》くらいはさせてもらえないものなのか、サージュ？」

サージュに向けた『この俺に』という言葉に、やたら含みを感じる。サージュは恵那の隣で、身を強張《こわば》らせるようにして、ただ縮こまっていた。

「恐れながら……陛下より、王妃様には一刻も早くお部屋にてお休みいただくよう申しつかっておりますので……お許しを、アヴェルス殿下」

体と同じく固い声で言ったサージュに、軽く鼻を鳴らすような音が返ってくる。

「忠義なことだ。ではまた改めるとしよう」

カツンと、靴音が鳴る。釣られるようについ目を上げると、男がこちらに背を向け、立ち去るところだった。

（やっぱり……何の色も見えない……）

恵那はここに来てからもっとも呆然とする思いで、男の後ろ姿をみつめた。

◇◇◇

恵那が「自分に他人の感情が見える」と気づいたのは——正確を期せば「他人には他人の感

情が見えないらしい」と気づいたのは、まだ幼稚園にも上がる前だったと思う。

「勘の鋭い子ねえ」

そう呟く祖母の、自分を見る目が薄気味悪そうだったことをよく覚えている。

「まるでこっちの気持ちを見透かしてるみたいじゃない」

祖母と同じ目で自分を見る人たちの体を、同じ色のもやのような光が取り巻いていることも。

両親は優しかった。彼らが恵那を見る時に体から湧き上がるのは優しい、穏やかな暖色《だんしょく》が主で――だがときおり、祖母と同じ色の光が揺らめくことがあった。自分たちが何か訊ねるより先に、息子がその返事を口にした時などは、顕著《けんちょ》に。

言葉を習得するより前に、別の形で他人の感情や、ある程度の思考がわかるようになってしまったことは、恵那にとって不幸の始まりでしかなかった。

「恵那だけが、俺の気持ちをわかってくれる」

そう言ったのは、小学校の同級生だ。クラスメイトの大半、教師たちからすら嫌われている、他害《たがい》行為の多い問題児。父親が大酒飲みの博打《ばくち》打ちで、酔えば家族に暴力を振るう。彼は常に怯《おび》え、その怯えを悟《さと》らせまいと、自分もまた父親のように振る舞っていた。その怯えが切実に伝わってきたから、そして抑圧《よくあつ》された彼の不満や怒りが自分に向けられてはいないとわかっていたから、恵那は彼に優しくした。

怖がらなくて大丈夫。一緒に遊ぼう。そう笑って言うと、彼は借りてきた猫のように大人しくなって、恵那の差し出す手を取った。恵那の前でだけは、ぎこちない笑みを見せるようになった。

けれども恵那は、友達に乱暴ばかり働く彼のことが、決して、好きではなかったのだ。

「恵那君は本当、空気読むよね。疲れない？」

先回りして気を遣ってばかりの自分に言ったのは、中学時代の同級生の少女。

それが感心や、ましてや心配から発された言葉ではないことを、勿論《もちろん》恵那はわかっていた。

「いい顔ばっかりして、馬鹿みたい。八方美人。嫌なヤツ」。相手にそう思われているのを知っていても、恵那にはただ笑うことしかできなかった。

けれどもそれはどちらかと言えば珍しい人間で、大抵の人は、「空気の読める」「誰にでも優しい」「かけてほしい言葉をかけてほしいタイミングでかけてくれる」「自分のことを理解してくれる」恵那に好意を抱いた。

その上、幸か不幸か、恵那の容姿は優《すぐ》れている方だった。母親譲《ゆず》りの整った、柔和な顔立ち。好みかそうでないかを横に置けば、大抵の人間は恵那を見て「綺麗だ」と思い目を奪われることを、恵那自身知っていた。

そして確実に不幸なことに、恵那は自分に好意を持つ人間が苦手だった。友情ならいい。執着も、どうにか躱《かわ》せる。手に負えないのが恋愛感情、それも性欲の絡むものだ。

相手が自分に対して並々ならぬ関心を寄せていたり、よからぬことを考えているのがわかっていれば、先回りして回避することができる。おかげで痴漢だとか、ストーカーだとか、無理強《じ》いするタイプの人間と真《ま》っ向《こう》からぶつかったことはない。

それの何が不幸かと言えば——恋が、できないのだ。

自分を嫌う相手に、恵那だってそもそもいい感情は持てない。

かといって最初から自分の容姿や雰囲気を好ましく思ってくれる相手に対しては、どうしても警戒心が先に立って、つい距離を置いてしまう。

少しずつ友情から愛情に変わっていく相手であっても、有《あ》り体《てい》に言えば「キスしたい」「セックスしたい」という相手の気分を感じ取ってしまった瞬間、今度はどんな顔をしていいのかわからず、結局はぐらかしてしまう。

せめて自分の力の不自由さに気づく前に、淡い初恋が経験できていれば、多少はうまく立ち回れたかもしれないのに。

おかげで二十六になるこの歳まで、キスのひとつもしたことがない。なのに周囲はこちらを恋愛上手、駆け引き上手だと思っているのが辛《つら》かった。ひた隠しにしている恋人がいるに違いないと、いつでも勘繰《かんぐ》られた。途中からはその方が面倒がない気がして、進んでそんな素振《そぶ》りを見せるようになってしまった。

(でもまあ、こんな調子じゃ、結婚なんてできないだろうし)

両親は恵那が中学生の頃に離婚している。父親の不貞が露顕《ろけん》してのことだったが、本《もと》を正せば自分のせいなのだろうと恵那は理解している。やたら物わかりがよく、自分の思いを見透かすような息子のいる家を、父親は次第に避けるようになり、代わりに水商売の女と深い仲になった。彼が妻を前にして滲《にじ》ませる愛情の色が、決して彼女の方を向いていないことに、ある日恵那は気づいた。

「お父さん、他に好きな人がいるの？」

そう口にした瞬間の両親を見て、恵那は自分が言ってはならない言葉を言ってしまったことに思い至ったが、手遅れだった。

こんな有様《ありさま》で、自分が家庭を持ちたいだなんて思えるはずもない。

自分を嫌々引き取った母親が自分を避けるために仕事に明け暮れほとんど家に帰ってこなくなった頃には、すでに悟りを開いた境地で、「いっそこの能力を生かして国境なき医師団にでも入れないだろうか」と真剣に考えるようになった。幸い学業の成績はよかった。恵那の名誉のために記《しる》しておけば、テスト中に周囲の生徒が考えていることがそのまま読み取れるわけではない。解答のわかった時の喜び、わからなかった時の焦《あせ》りや苛立《いらだ》ちなどは嫌と言うほど渦巻《うずま》いているから、むしろ、集中を維持《いじ》することに苦労した。

それでも歯を喰い縛って勉強して、名門校に入ると、多少精神が安定した。私立の穏やかな校風の高校だったから、生徒も教師も落ち着いていて、その三年間は覚悟していたよりも波風の立たない生活を送ることができた。その頃には相手から立ち上《のぼ》る光やそこから読み取れる感情や思考を、ある程度意識から遮蔽《しゃへい》する術《すべ》も覚えていた。

「母国語じゃない土地でも、痛みなどで言葉を発せない患者がいたとしても、自分ならば助けることができるんじゃないか」

中学時代の思いつきを実行するために、大学は医学部に入ろうとしたが——ある日、交通事故の現場に遭遇して、考えを改めた。死にゆく人の魂を見てしまった。飛び散る血や肉に怯える人たちのヒステリー状態に恵那まで冒《おか》され昏倒《こんとう》し、気づいた時には病院のベッドの上にいた。自分が轢《ひ》かれたわけでもないのに救急車で担《かつ》ぎ込まれるとか、最近の若い子はひ弱ねえ……という医者の言葉は、直接浴びせられたものなのか、陰で言っているのを聞いてしまったのか、それとも感情として読み取ってしまったのか、未だに思い出せない。

戦場なんて、無理だ。人の生き死にを受け止めることは、自分には難しい。

諦めて普通の会社員になった。営業成績はおかげで結構なものだった。今どきは結婚しない男も珍しくない。気持ちの上ではどう思っていようと（たとえそれが恵那自身に伝わってくるにせよ）話題にもならず、表立って結婚をせっついてくるような古いタイプの上司がいることはいたが、周囲から「それってパワハラ、セクハラですよ」と渋い顔で言われれば、大抵引っ込んでくれた。営業先や通勤の時などに送られてくる秋波《しゅうは》を躱すことにももう慣れた。

だからここ数年、恵那は割合穏やかな生活を送っていたのだ。

きっと自分はこのまま誰と恋愛することもなく、ましてや結婚などせず、独身のまま生涯をまっとうするのだろうと当然のように思っていた。

寂しさや諦観《ていかん》よりも「その方が自分にとっては幸せだ」という納得の上で描いた未来予想図だった。

他の誰にも持ち得ないらしい奇妙な力は隠して。

誰かのためになろうだとかいう高望みは捨てて。

たった一人、ただ静かに生きて、死んでいければいいと。

ほんの数時間前まで、恵那はたしかに、そう思っていたのだ。

2

「陛下には、現在正妃たるお后《きさき》がおられません」

自分の前に跪《ひざまず》くサージュの言葉を、恵那《えな》はやたら座り心地のいいソファの上に座らされて聞いた。ようやく頭に被《かぶ》せられた布を取ることを許されたが、ちっとも落ち着かない。

恵那に用意されていたのは、大きな天蓋《てんがい》つきベッドのある部屋だった。応接用らしきソファとテーブルに加えて、カウチ、用途別にあるらしいいくつかの机に箪笥《たんす》や飾り棚、化粧台まで置かれている、かなり広い空間だ。廊下に出られるドアの他にも出入口があるから、別の部屋にも繋がっているらしい。

「五年前に亡くなられたシエロ様以外に王后《おうこう》として娶《めと》るお気持ちはなく、あなたは第二夫人、王妃としてのお立場についていただくことになります」

サージュはリュジスに言われた通り、恵那に様々な事情を説明しようとしているが。

(意味が、わからない……)

この世界に来てから、不思議とただ「相手の感情がわかる」「考えていることがわかる」という以上に、まるで母国語同士で話しているようにお互い言葉が通じていた。

が、どうにも意味がわからないというか、飲み込めない内容ばかりだ。恵那は言葉が通じているというのは自分の勘違いで、実は相手がまったく違う言語を使っているのではないかと疑った。

「ついていただくと言われても……無理ですよ。だから見てのとおり、男ですので」

向かいのソファに座ろうとはせず、床に跪き顔を伏せたままのサージュを、恵那は困惑の極みといった気分で見下ろす。

「問題ありません。陛下の御子《おこ》を宿すための条件に合う方を異界より召喚《しょうかん》いたしました。カルド神《しん》の名にかけて、その儀式により現れたのがあなたなのです、救国の聖女たるエナ様」

名を聞かれて素直に『恵那悠一郎《ゆういちろう》』と答えたら、どうも苗字の方を名前だと解釈された気がするが、それはまあこの際どうでもいい。

「リュジス様のお力はあまりにお強く、ただ高貴な血を持つだけの女性では子を生《な》すことができません。それ以上に強い魔力、そして頑健《がんけん》な体を持つ御方《おかた》でないと——我々も異界の姫ではなくあなたが現れた時にはいささか驚きましたが、同時に納得もいたしました。何もお妃《きさき》となられるのは脆弱《ぜいじゃく》な『女性』でなくてもよかったのだ、と」

「いや、いやいやいやいやいや」

跪くサージュからは、本心から思ったとおりのことを言っていることしか伝わってこない。

恵那は慌てた。

「陛下もおっしゃる通り、エナ様からは強い魔力を感じます。お生まれの地では、魔術の研鑽《けんさん》を？」

　魔力だの魔術だの、漫画やアニメでしかお目にかかったことがない。

（……いや、あれ、もしかして俺のこれも？）

　サージュたちの体から、絶え間なく見える感情と意識の色。それを感じ取れることが『魔法』だと言われたら、恵那には否定することができない。

「──魔術とか、そんなのお伽噺《とぎばなし》でしか知りません」

　だが咄嗟《とっさ》に、恵那は自分の力のことを隠した。一生、自分の口から他人に話すまいと決めていたからだ。力のことを悟《さと》られて、ろくな反応があったためしがない。

「そんなことより、男じゃ子供なんて産めないって言ってるんです。というか、そもそも子供が作れるはずは」

　話を逸《そ》らすように言う途中、恵那は急に不安になった。

　異界、とサージュは口にした。本当に言葉が通じているのなら、それはつまり、日本でもなく地球ですらない別の世界という意味なのではないか。そしてここは、魔術だの儀式だのがある世界らしい。自分の知っている常識がまったく通用しない可能性に、恵那は思い当たってしまった。

「……え、ここでは、男同士でも子供が作れる……とか？」

　怖々《こわごわ》訊ねると、いいえ、とサージュが首を横に振る。

「人の子は男女の交わりの結果もたらされるものです」

「なら」

「ですが我々には魔術があります」

サージュの声音も、その体から湧き出る色も、あくまで真剣だ。

「我々王宮付の魔術師にのみ許される禁忌《きんき》魔法ですが。一時的に男子に胎《はら》を授《さず》け、子を宿し、産むことのできる秘術です。数代前に男色《だんしょく》の王がおられ、神の血を継ぐ王家が絶える危険があったところ、その方の命《めい》により密《ひそ》かに編み出されたもので――」

呆気《あっけ》に取られて言葉を失う恵那の方を見ないまま、サージュが淡々と言葉を続ける。

「エナ様は召喚されたと同時に、すでにその秘術の中に身を置いておられます」

「え⁉」

恵那は思わず、ソファから立ち上がった。

「すでにって、俺がもうそんな体になってるってことですか⁉」

「はい。我が国の世継ぎを産むまで破られることのない魔術です。それに……子を宿さぬまま時が進めば、エナ様のお命が削《けず》られることになるかと。その前に、ぜひ王子をお産みください」

要するに。

王の子供を産まなければ死ぬと、サージュは言っているらしい。

「滅茶苦茶《めちゃくちゃ》だ……！」

「異界の方を巻き込むことについて王もお悩みでしたが、これも国のためです。受け入れていただきたく」

王も悩んでいたと言いつつ、こちらの気持ちなどはなから考慮していないのが、恵那にはいやというほど伝わってくる。

「国のためにもエナ様ご自身のためにも、ことは早くすませるがよろしいでしょう。今晩にもお渡りがあるかと思いますので、それまでに、お支度を」

逃げよう。

恵那は即座に決意した。

現実感がないなんて呑気《のんき》なことを言っている場合ではない。たとえここが夢の中であったとしても、王の、見知らぬ男の子を孕《はら》むなんて御免《ごめん》だ。何とかして逃げよう。

窓から見える空は日暮れ時、ここでも自分が今までいた場所と同じように時間が巡っているのかは知らないが、暮れているのだからいずれ夜が来ることは間違いない。

「すぐに女官たちが参ります。大切な王妃様をお守りするため、各所に護衛の騎士がおりますので、ご安心ください」

「――」

そしてサージュはそんな恵那の気持ちを見抜いたかのように、『逃げ場はない』ということを遠回しに告げてくる。

他にも聞きたいこと、いや問い糾《ただ》したいことは山ほどあるというのに、サージュはこれですべての説明がすんだとばかりに部屋を出て行った。

(さっきの人のことだって、聞きたかったのに)

恵那が生まれて初めて、感情の色を見ることができなかった、あの男。殿下と呼ばれていたのだから王族なのだろうか。彼はなぜ、色が見えなくてもわかるほどの怒りを自分に向けていたのか。

などとつい思いに耽《ふけ》っていたせいで、恵那が逃げ出す算段をつける暇もなく、入れ替わりのようにドレスを着た女性が三人、部屋に押し入ってきた。

「お湯浴《ゆあ》みとお着替えのお手伝いをさせていただきます」

恵那は彼女らの手であれよあれよという間にスーツやシャツを脱がされ、慌てて逃げようとするのをがっちり押さえつけられて、湯を張った桶《おけ》に放り込まれた。湯には小花やおそらく香《こう》油《ゆ》のようなものが入れられ、髪や肌を磨《みが》き上げられていく。

腰巻きのようなものをつけられてはいたが、見知らぬ女性たちに囲まれて体のあちこちを触られるのは、不愉快というより恐怖だ。いや、それよりも。

「寝所《しんじょ》のことは陛下がすべてご存じですので、ただ身を任せておられれば大丈夫です」

自分の母親よりも年上に見える女性に小声で囁かれ、恵那はさらに竦《すく》み上がった。

「し、寝所って、あの……まさかとは思いますけど俺が、あの王様と、その」

セックス。性交。どう言えば女性に対して差し支《つか》えがないのか迷って口籠《くちご》もる恵那の髪を、相手は丁重な仕種で梳《す》いている。無言が答えだ。

さすがに限界だった。恵那は座らされていた桶から立ち上がり、女性たちの悲鳴を背中にして、部屋のドアまで走った。

「王妃様！」

誰が王妃だ、と思いながらドアを開けた恵那の目に飛びこんできたのは、廊下に立つ騎士二人の姿。どちらも先刻同様腰に剣を佩《は》き、さらに手には長槍《ちょうそう》を握っている。

「……」

どう考えたって、これは護衛ではなく見張りだ。学生時代に体育の成績はそこそこよかったとかいう程度で逃げられる気はまったくしなかった。

（頼む、夢なら覚めてくれ……）

結局恵那は女たちに引き摺《ず》り戻され、改めて体を磨き上げられ、手触りのいい白い布で作られた前開きの寝間着を着せられ、ベッドに載せられた。

「間もなく陛下のお渡りがございます」

誰かがそう告げて、女性たちが部屋から去っていった。最後にサイドボードへと置かれた小瓶《こびん》には、何らかの液体が入っている。その用途を想像する前に、恵那は急いで窓に飛びついた。そしてガラス越しに外を見て絶望する。部屋は三階か、四階。窓の周りに雨樋《あまどい》などの足がかりになりそうなものも、飛び移れそうな木もない。真下は石畳《いしだたみ》。空にはすでに月のようなものが浮かび、建物を囲む広い庭のあちこちに、ランプを腰に提《さ》げた哨戒中《しょうかいちゅう》らしき騎士の姿が見えた。城から出るための門はすぐに見あたらない。

そしてそもそも窓は嵌《は》め殺《ごろ》しになっている。

(男とセックスして孕まされるのと、飛び下りて大怪我するか最悪死ぬのと、どっちがマシかって……)

考えるまでもない。他人と違う奇妙な力のせいで自分の人生はそんなにいいものではないなと思うことはたびたびあったが、死にたいと考えたことは一度もないのだ。

(――サージュさんは、救国の何とかとか、言ってたよな)

王に世継ぎが生まれなければ国の危機で、王は神の血を引く人で、自分はその神様に選ばれてこの世界に来た――らしい。

(だとしたらこれは、人助けだ)

中学生の頃、国境なき医師団に本気で入ろうと考えていた自分を恵那は思い出す。

(多分世継ぎがいないと内乱が起きるとか、もしかしたら自然災害的な何かで危険に晒《さら》されるとかいう、何かそういう、あれだろう?)

でなければ、わざわざ儀式なんてやって『異界からの賓《まろうど》』なんて呼び出す必要がない。

逆に言えば、そこまでしなければならないほどのことなのだ。

だからってなぜ自分がと、そう思わないことはないが。

（人助けだっていうなら、何とか……我慢して……）

必死に自分を納得させようと試《こころ》みている時、ドアの向こうで物音が聞こえて、恵那はびくりと肩を震わせる。

振り返ると部屋のドアが開き、寝間着の上にガウンを羽織《はお》ったリュジスが現れた。

リュジスの背後でドアが閉まる。窓のそばにいる恵那を見て軽く目を細めてから、王はゆっくりと部屋の中に入ってきた。恵那は身動きが取れずにただ立ち竦む。

筋骨隆々《きんこつりゅうりゅう》というほどでもないが、日々何かしらの鍛錬《たんれん》を行っているのだろうと感じさせる体。王様だからといって飽食《ほうしょく》に明け暮れているわけではないようだ。濃緑の瞳は底知れない深さを持っていて、髭《ひげ》を蓄《たくわ》えた、よく見ると端正な顔には何の表情も浮かんでいない。その体から湧き出る色もやはり恵那がこれまで見たどんな感情とも合致《がっち》せず、何を考えているのか、どんな気分でいるのか、まったく計《はか》り知れなかった。

（いや、無理）

覚悟を決めたつもりだったが、いざリュジスを目の前にすると、未知の行為に対する怯えが先に立つ。これまで恋人ができず恋心を持ったこともないとはいえ、恵那の思う恋愛対象は当たり前に女性だった。リュジスは雄々《おお》しい男だ。それに組み敷かれて女のように抱かれると考えるだけで身が竦む。

（お、男だから、ってだけじゃなくて……）

　相手の考えがうまく読み取れないのがまず怖《おそ》ろしい。まるで動物園のライオンの檻《おり》にでも放り込まれたような気分で、恵那は近づくリュジスを見返した。リュジスが無表情のまま口を開く。

「寝台へ。それとも抱きかかえられて運ばれたいのか、我が花嫁よ」

　これから始まるのは愛の交歓などではなく、拷問《ごうもん》か何かではないだろうか。そう思うような声音で言われ、恵那はリュジスの言いなりになるというよりも、ただ近づく相手から逃れたい一心で窓から離れ、よろよろとベッドの方へ後退《あとずさ》った。

「あっ」

　後退るうちベッドが足にかかり、恵那はそのまま無様《ぶざま》にひっくり返った。音もなくリュジスが近づいてきて、気づいた時には、恵那の上に相手がいた。

「ま、ま、待って。待ってください」

　制止するまでもなく、リュジスはなぜか恵那の両腕を上から押さえつけるようにのしかかったまま、身動きを止めた。

「……？」

　不思議になって見上げると、リュジスは妙に険《けわ》しい顔で恵那のことを見下ろしている。ふう、と小さく溜息をつくと、懐《ふところ》を探り、恵那が知るところの栄養ドリンクのような茶色の小瓶を取り出した。中身を呷《あお》り、再び恵那に目を戻した時、無感情に見えたリュジスの瞳に若干《じゃっかん》の熱っぽさが宿っている。

（な、何だ、本当に栄養ドリンクというか、強壮剤《きょうそうざい》……的な……？）

何も読み取れなかったリュジスから、わずかに、情欲を感じさせる色が見え隠れし出したので、恵那は思わず身を竦めた。リュジスの手がするりと恵那の頬を撫でる。

「シエロ」

どこかで聞いた言葉だ。それがすでに亡くなった王の正妃の名だということを思い出すと同時に、恵那はリュジスの体から湧き出る欲望の色が、自分に向けられてはいないことに気づいた。

（俺を見てるわけじゃない）

リュジスの視線は恵那の顔に落ちているのに、それもまた自分に向けられているわけではないのがわかった。愛《いと》しい者を見る眼差しになるリュジスの顔が近づくのを見て、恵那は反射的に自分の口許《くちもと》を両手で覆《おお》った。リュジスの眉が軽く寄り、唇に触れるはずだった相手の唇は、恵那の耳許《みみもと》に触れる。ぞわりと、恵那は産毛《うぶげ》の逆立《さかだ》つ思いを味わった。耳朶《じだ》を唇に含まれ、掌《てのひら》で薄い寝間着の帯が解《と》かれていく。下着なんてつけてもらえず、今日会ったばかりの見知らぬ男の前で、恵那の肌が剝《む》き出しに晒されていく。

「痛《い》った……」

首筋や胸元を強く吸われ、歯を立てられ、痛いばかりだった。

(無理無理無理無理)

腰や腿《もも》を撫でられても、ただ「撫でられている」という感触しかわからない。怖くて腰が引ける。リュジスの仕種は丁寧だったが、とにかく身が竦んで仕方なかった。

「そう怯えるな」

宥《なだ》めるような声音には慈《いつく》しみが含まれているように聞こえたが、それも、恵那に向けてのものではない。

「シエロって、前の奥さん……ですか?」

恵那はつい、そう訊ねてしまった。途端、リュジスの手の動きが止まる。

おそるおそる見上げると、リュジスの瞳からも体からも、仄見《ほのみ》えていた情欲の色が消え失せていた。

リュジスはもう一度溜息をつくと、恵那の上から退《ど》いた。恵那は急いで寝間着の前を掻《か》き合わせながら起き上がる。

「……新たに子を生さねばならぬ。この国で王の血、神の血を絶やせば分断を生む。先の戦《いくさ》と疫病《えきびょう》で多くの親族が斃《たお》れ、残されたほとんどは戦に出ることも叶わなかった老いぼれと、継承権を持つには血の遠すぎる縁戚《えんせき》ばかりだ」

リュジスはベッドの縁に腰を下ろし、恵那に背を向けて、低い声で語り始めた。ようやく状況を説明してくれる気になったらしい。

「去年、新たに宛《あて》がわれた王妃との間に子を生したが、産《う》み月に届く前に母子《ぼし》共々死んだ。余《よ》の子の魔力に、女の体が耐えられなかったのだ」

――リュジス様のお力はあまりにお強く、ただ高貴な血を持つだけの女性では子を生すことができません。

サージュの言葉を恵那は思い出した。

――それ以上に強い魔力、そして頑健な体を持つ御方でないと。

「シエロも病弱な女だった。特別高貴だったわけでもない。だが愛してしまったのだ。シエロ以外に正妃として迎えるのは、無理なのだ」

王は本音を話している。それまでまるで読み取れなかった色から、哀惜《あいせき》と愛しさの入り交じった色に変わったせいで、恵那には痛いほどそれがわかった。

「去年最後の王妃を亡くしてから、どんな美姫《びき》を前にしても、豊満な肉体を持つ遊び女《め》を前にしても、どれだけ必要な行為だと自分に言い聞かせても、この体が、心が、言うことを聞かん。

――新たな世継ぎをと臣下たちに迫《せま》られて、そう正直に打ち明けるわけにもいかなかった」

恵那は相手の肩越しに、そっと下肢《かし》の方に視線を向けてみた。リュジスは恵那を愛撫しながら自分のガウンを脱ぎ去り、寝間着もはだけていた。

「……」

まったく隠す気もないふうに晒された下半身のモノは、恵那が知る誰よりも立派だったが、少しも性的な反応を見せていない。

「仕方なくサージュに命じてその気になる魔法薬を調合《ちょうごう》させたが、難しいものだな」

さっきリュジスが飲んでいたのは、やはりその類《たぐい》のものだったらしい。

「あの、やっぱりせめて、女性の方がいいのでは？」

遠慮がちに、恵那は進言してみる。だがリュジスは首を振った。

「男であろうと女であろうと、もはやシエロでなければ同じことだ。……だがそうも言ってはおられぬ。アヴェルスを正式の王太子に立てる前に、手を打たなくては」

「アヴェルス……」

廊下で出会った、何の感情も読めない男だ。彼がサージュから『殿下』と呼ばれていたことを恵那は思い出す。とすれば、彼も王族の一人なのではないか。

「あの人を跡継ぎにはできないんですか？」

「あれにも窮屈《きゅうくつ》な思いをさせている」

訊ねた恵那の問いを無視するように、リュジスが呟いた。その体に、また恵那には感情を判別し辛《づら》い、見たことのない色が浮かぶ。

「やはり周りの者たちが言うように、新たな子を儲《もう》けるのが一番なのだろう」

「……でも、無理……ですよね？」

何はなくとも、リュジス自身がその気にならなくては、子作りなど不可能だろう。営《いとな》みもなく子供ができるとかいう、そういう便利な魔法があれば、とっくにそれを使っているに違いない。

「少なくとも、今日は」

溜息交じりにリュジスが頷くので、恵那は安堵した。

「なにぶん急だった。儀式は何度も試しているが失敗続きで、成功したと聞いたのもさっきの今だ。心の準備が足りなかったのであろう。飲み薬も改善させよう」

「……まだ試しはするってことか……」

「余の子を孕まねば死ぬぞ」

そういえばそういう話だった。恵那はぐっと言葉に詰まる。リュジスは寝間着を着直し、ベッドに横たわり目を閉じた。

「——閨《ねや》のことは夫婦の秘密だ」

このままここで寝るのか、と戸惑う恵那に、瞼《まぶた》を下ろしたままリュジスが言う。

王が不能で失敗した——というのは、まあ聞こえが悪いし威厳《いげん》に関わるのかもしれない。たしかに周りに知られて嬉しいことでもないだろうと、同じ男なので恵那にもわかる。

（王様は別に恥じてはいないようだけど）

そういう感情はリュジスから感じられない。自分の尊厳に関わるというより、周囲の影響を案じているらしい。

（死んだ奥さん大事な気持ちより、国が荒れるのを気にして、男の俺と子作りしようって思ったんだもんなあ……）

いい王様といえば、そうなのだろうか。無関係なこっちはとばっちりでしかないが、とにかく今晩は無事やり過ごせるようだ。

リュジスはもう眠ってしまったのか、静かな呼吸を繰り返している。恵那も何だかどっと疲れが湧いてきた。ベッドは無駄に広いので、真ん中を陣取るリュジスから人一人分離れても充分横たわるスペースがある。

（とりあえず何も考えずに、寝よう……）

ベッドの端に丸まる前に、サイドボードに置かれた香油が目に入った。中身が減っていないのも都合が悪かろうと、恵那はそれを抽斗《ひきだし》の中に隠し、ついでにベッドの上掛けをグシャグシャに丸めてから、改めて体を横たえた。

3

目を覚ますとリュジスの姿は部屋のどこにもなく、恵那《えな》はベッドの上でひとりきり横たわっていた。

（夢じゃなかった）

夢であってほしいと思ったが、夢から覚めてもまだ続いているのだから、これはきっと現実なのだろう。

（王妃になれとか……王様と子作りしろとか……子供が産める体にされたとか……）

寝転んだまま頭を抱えかけた恵那は、途中でハッとなって、おそるおそる自分の脚の間に手を伸ばした。

（……あ、ある）

昨日服を脱がされた時点でもわかっていたが、長年慣れ親しんだものがちゃんとそのままあることに、改めて心の底からほっとした。さらにその周辺を指で探るが、どうやら魔術で子供を産める体にされたと言われたのは、やはり別に女性としての体に作り替えられたというわけでもないらしい。下半身もそうだが、別に胸が膨《ふく》らんでいるわけでもなく、この体は間違いなく恵那が二十六年間生きてきた状態と何ら変化はない。

（え、じゃあ、どうやって子作りしろっていうんだよ？）

この体のままというなら、おそらく、使える場所はひとつしかない。

（それで子供ができるってことなのか……？）

安堵したのも束《つか》の間、それはそれで何か空恐ろしく、途方に暮れていると、部屋の扉がノックされた。

「は、はい⁉」

反射的に答えたら、昨日恵那の身支度を手伝った女官たちが次々部屋の中に入ってくる。

「おはようございます、王妃様」

王妃と呼ばれてどう返事をしたものか、そもそも返事などしたくはないと黙り込むうち、そんな恵那の態度など歯牙《しが》にもかけない様子の女性たちにまた恵那は身ぐるみを剝《は》がされ、湯桶《ゆおけ》に浸《つ》けられた。

「まあ」

一番若そうな女が、恵那の胸元を見て顔を赤らめた。恵那も釣られて同じ場所を見下ろしてから、「うわ」と思わず声を漏らしてしまった。リュジスに吸われたり嚙まれたりした場所が、生々しく鬱血《うっけつ》の痕を作っていたのだ。

「このたびはおめでとうございます、エナ王妃殿下」

そう言ったのは、女官三人の中で一番偉いらしい侍女のアコニだった。

アコニに倣《なら》い改まって腰を屈《かが》める女性たちの態度に、恵那は何とも言えない気分で、とりあえず自分もぺこりと頭を下げた。

「……ところで、王妃と呼ばれるのは、ちょっと……」

「いえ、王妃様は、王妃様ですので。これより先、エナ様には女性としての振る舞いをお願いいたします」

「は!?」

「対外的には、王の妃《きさき》は女性でなくてはなりませんわ。エナ様のお姿を知るのは陛下の他には一部の側近《そっきん》と近衛兵《このえへい》、儀式に関わった聖職者たち、そして私共エナ様の身のまわりをお世話する女だけです。決して外に漏らしてはなりません」

「そ、そう言われても」

「この城館から外には出ないようにと、陛下よりのお達しです。ご用がありましたら私共にお申し付けを」

嫌な予感はしていたが、女性たちが恵那に用意していた着がえはドレスだった。最初踝《くるぶし》まで届くような柔らかなシャツを着せられたのでそうとわからず、その上から着せられた長袖《ながそで》のチュニックの腰から下がゆるやかに膨《ふく》らんでいるのに気づいて、やっと疑いを持った。腰の高い位置でベルトを締められたら、どう見ても男の服ではない。

「あのっ、部屋にいるならこんな格好じゃなくてもいいのでは」

「お散歩はなさいませんの？　丈夫な御子《おこ》を産むためには、陽を浴び体を動かしませんと」

この城館、というのはどうやら建物の中だけではなく、敷地内、窓から見えた庭までなら出ても構わないということらしい。

男の格好でずっと部屋に閉じこもっていることと、女装させられても散歩くらいは許してもらうことを秤《はかり》にかけて、恵那は後者を取った。チュニックは落ち着いた青色で飾りも少なく、露骨《ろこつ》に「女性のドレス」という雰囲気でもなかったからだ。男の喉《のど》を隠すためかシャツの襟《えり》は詰まっているし、鏡を見せてもらってたしかめてみたら、そう見苦しくもない。というか、まあまあ似合っていることに恵那は若干《じゃっかん》自分で引いた。それなりに美形である自覚はあったが、こうしてみると母親そっくりの女顔で嫌になる。

（俺があの王様みたいに髭面《ひげづら》の厳《いか》つい男だったら、王妃にすることなんて諦めてもらえたかもしれないのに……）

それも含めての人選だというのだろうか。

着がえの間に、部屋に朝食が運ばれてきた。肉や野菜のふんだんに挟まったサンドイッチにお茶に果物。普段コーヒー一杯ですませている恵那には上等すぎるメニューだ。

それを、一人でもそもそと食べる。女性たちは部屋の隅に控えていて無言。恵那はぼうっと窓の外を見上げた。

（無断欠勤……ってことになってるのかな、今頃。っていうか、昨日急に机の前から消えたの、騒ぎになってたりするのか……)

オフィスは客先回りや打ち合わせなどで席を外している者も多かったから、恵那が消える瞬間を見た人がいるのかはわからない。一日、二日の欠勤なら、ひどい風邪でも引いたのかと不審がられつつ放っておかれているかもしれない。一人暮らしだし、家族とは滅多《めった》に連絡を取らないし、日常的に会っている友人知人もいない。

(何とか二、三日のうちに帰れないもんかな。魔法とやらを消してもらって……他にまともな王妃が出て来たりして)

なるべく希望を持とうとしてみるが、気分が上向きになることはない。一夜明け、とんでもないことに巻き込まれているという実感が湧いてきたと同時に、「でも元の世界に戻ったから、何だっていうんだろう」という気分も頭を擡《もた》げる。

家族とも疎遠《そえん》で親しい友人すらいない。仕事にやり甲斐《がい》はあったけれど、名の通った会社ということと待遇で選んだだけだし、天職とまでは思えない。これといった趣味や楽しみもない。

――要するに、元の場所に特に未練など残していないことに、気づいてしまったのだ。

(こっちにいる方が、今のところ俺にしかできないらしいことがある分、有意義なんじゃないのか)

などと思い至ってしまうと、もう駄目だ。

何だか変に気が滅入《めい》ってきたので、恵那は食事の後、気晴らしに散歩に出かけることにした。

「ではこちらを身につけておいてくださいませ。サージュ様より託《たく》されたものです」

そう言ってアコニが恵那の首にかけたのは、大きな赤い石のついたペンダントだった。

「エナ様のお姿を知らぬ者には、女性のお姿に見える魔術が施《ほどこ》されているそうですわ。お声もそのように聞こえるとのことです」

「はぁ……」

また便利な魔術とやらもあったものだ。

「一度本当のお姿を知られれば効果はなくなるそうですので、ご注意くださいませね」

念のためにか、頭からはまた布を被《かぶ》せられた。昨日の大きな布ではなく、細かな刺繍《ししゅう》がされた高級そうなヴェールなのは、いいのか悪いのか。とにかくそこまで支度をして、恵那は部屋を出ることを許された。アコニ一人が供としてついてくる。

長い廊下を歩き、長い階段を下って、やっと辿り着いた巨大な玄関から外に出ることができた。陽光に晒《さら》されると、自分が馬鹿みたいな格好をしているようで気が引ける。外からは女性に見えているらしいが、恵那の意識としては男のままだし、元の姿を知るアコニにも男に見えているのだろう。

（わけのわからない世界に来て、王妃になれとか、女装させられるとか、何なんだ俺の人生）

何となく俯《うつむ》きがちのまま、恵那はアコニに従い庭先に進んだ。

全体的には大きな公園くらいの広さがあるようなのに、背の高い生《い》け垣《がき》が迷路のように入り組んだ道に入り込んだのは、恵那の姿があまり周りから見えないようにしたいというアコニの配慮だろうか。

「あの、逃げやしないんで、一人で歩いてもいいですか」

このままアコニに連れ回されてただ歩くのでは、気晴らしにならない。

「出入り口にはどちらも護衛の者がおりますので、ご安心くださいませ」

それだけ告げて、アコニが来た道を戻って姿を消す。

(護衛っていうか、俺にとっては見張りだよなあ)

恵那は大きく溜息をつきながらぶらぶら小径《こみち》を歩いた。

頭上を見上げると、よく晴れた空が広がっている。季節は春なのか秋なのかはわからないが落ち着いた気候で、風もなく、温かな光が差し込み、これがピクニックか何かだったら絶好のお日和《ひより》というところだろう。いつもなら会社に向かう満員電車の中辺りだろうか。腕時計は持っていないし、スマートフォンも会社のデスクの上だったし、今が何時なのかたしかめるすべがないが。

溜息を繰り返しつつ道を折れ曲がった時、俯いた視線にベンチの端が映る。疲れたしちょっと座ろうかな、と目を上げた恵那は、そこに人が座っていたことに気づいて驚いた。

「――あ」

しかも見覚えのある男だ。

（昨日の、アヴェルス……とかいう）

アヴェルスは足音で恵那に気づいていたのか、こちらを見ている。

（やっぱりこの人、何も見えない）

昨日と同様、アヴェルスからは何の感情の色も見えない。にこりともしない無表情から、好意は持たれていないのだろうなということは読み取れたが。

アヴェルスは恵那から視線を逸《そ》らすと、軽く溜息を吐いた。

「たまの寝坊でこの仕打ちか」

どうやら恵那と遭遇《そうぐう》したことを「この仕打ち」と言っているらしい。恵那は何だかムッとした。

「おはようございます」

人の顔を見るなり溜息をついた相手の態度に当てつけるように、こちらはせいぜい笑顔で、明るく言ってやる。大人としてその態度はどうなんだと、言外《げんがい》に滲《にじ》ませてみた。アヴェルスが眉を顰《ひそ》めてこちらを見たことに、少しだけスッとする。当《あ》て擦《こす》りは通じたらしい。

しかしアヴェルスは心を入れ替えて恵那に挨拶《あいさつ》を返すこともなく、どこか皮肉っぽい笑いを口の端に浮かべた。

「──俺の話も、サージュか陛下から聞きましたか」

「え？　いや、特に聞いてはいませんけど」

本当は聞きたかったものの、その暇がなかったのだが。

「というか、名乗ってすらもらってないんで、お……私は、あなたのことを全然知りません」

昨日は頭から布を被せられていたし、アヴェルスは恵那の姿を知らないはずだ。アコニの説明どおりなら、サージュに与えられたペンダントの力で、アヴェルスには恵那が女性に見えているはずだった。だとしたら『俺』はまずい。

「それは、失礼」

全然、に力を籠めて言った恵那に再び皮肉な笑みを閃《ひらめ》かせ、アヴェルスがベンチから立ち上がる。

何だ何だ、と思っている恵那の前までやってくると、スッと、その場に跪《ひざまず》いた。

「私はアヴェルス。亡き王妃ヒンメルの子にして、賢王《けんおう》と名高きリュジス陛下の第一王子」

「え?」

第一王子という言葉に面喰らっている恵那の片手を、アヴェルスが掬《すく》い上げるように取った。

当たり前の仕種で手の甲に接吻《くちづ》けられ固まっていると、アヴェルスが恵那を見上げながら微笑を浮かべた。

「いわばあなたの義理の息子ですよ、エナ王妃殿下。それとも義母上《ははうえ》とお呼びしましょうか?」

「むっ、むすこ?」

狼狽した恵那を見て、アヴェルスがまた笑みを浮かべた。

「まあ市井《しせい》の者の再婚とは違って、重婚《じゅうこん》の許されている王家には、別の王妃の息子を自分の息子とする慣習はありませんが」

揶揄《からか》われている、と気づいて恵那はひくつく顔で自分も笑みを作った。先に喧嘩を売ったのは自分だ。いや、そもそも相手の態度に腹が立ったのが原因だとはいえ、だからこそ、あからさまな動揺を見せるのは悔しい。

(それにしても、やり辛いな——何も見えないのが、こんなに不便だとは知らなかった)

これまでは誰が相手でも、どんな気分でいるのか一目でわかった。わかった上で、相手の気分を害さないよう、あるいは多少やり込める必要があれば痛いところが突けるよう、ある程度の思考までも読み取り立ち回ってきたのだ。

なのにアヴェルスの気分も考えも読めない。なぜ彼が自分に向けて終始《しゅうし》皮肉な笑みと口調を保っているのか、見当はつき始めているが、確証が持てない。

「……どうしてあなたがいるのに、私がこの世界に呼ばれたんですか」

わからないなら訊ねるしかない。

第一王子というのなら、嫡子《ちゃくし》ということではないのか。

(ヒンメルっていうのは、王が愛していた王后《おうこう》っていう人の名前じゃない)

ニュアンスとして、多分王后が正室、他の王妃は側室《そくしつ》ということなのだろう。愛妾《あいしょう》の子だから王位を継げない、ということはありえない、だったら恵那が産む子だって同じだから。

アヴェルスが恵那から手を離し、立ち上がる。

「それは――」

「王妃様！」

何か言おうとしていたアヴェルスの声を遮《さえぎ》ったのは、慌てふためいたように場に飛び込んできたアコニの叫び声だった。

「ご、ご無事で……！」

「え？」

真っ青な顔のアコニが、面喰らう恵那の前――アヴェルスとの間に入り込み、まるで相手から庇《かば》うようにしながら、深く腰を屈めた。

「申し訳ございません、このお時間に殿下がいらっしゃるものとは思わず……」

スカートを摘《つ》まみ上げて挨拶をするアコニを見下ろすアヴェルスの目は、ひどく冷淡なものだった。

「俺の庭ではない。が、母の愛した庭だということくらいは多少気に留めてもらえるとありがたいものだがな」

「すべてアコニの非にございます、お許しを」

ひたすら頭を下げるアコニから、アヴェルスがその向こうにいる恵那へと視線を移した。

「そのうち嫌でも、俺の噂があなたの耳にも届くでしょうよ」

それはどういうことなのかと問い返す前に、アヴェルスはさっとその場から姿を消した。

「申し訳ございませんエナ様、いつもであればこの時間、すでにアヴェルス様の散策はおすみになっているはずなのですが」

「ご無事でって、どういう意味ですか」

アコニの態度が不審に思えて、恵那は訊ねた。

「アヴェルス様は……エナ様が御子を授《さず》かれば、あの御方が王位に就《つ》くための障害になりますので……」

辺りを憚《はばか》るような、間近にいる恵那がようやく聞き取れるような声でアコニが答える。

「アヴェルス王子も王妃の子なんですよね。どうしてあの人が王様の跡継ぎにならないんでしょうか」

「――恐れながら、アヴェルス様は王胤《おういん》ではないとの、その、あくまで噂話ですが」

「王胤……」

王の胤《たね》ではない――つまり、ヒンメルという王妃の不倫の果てにできた子だということか。

「陛下の御子であれば、興国《こうこく》の神カルドの血を引く証《あかし》として、強い魔力を持っていてしかるべきですが……アヴェルス様は、初歩的な魔術すら使えないようですので」

ゆうべリュジスは、「アヴェルスを正式の王太子に立てる前に」と言っていた。アヴェルスは現状、次の王という立場ではないということなのだろう。おそらく不名誉な『噂』のせいで。

「私共も注意いたしますが、エナ様もアヴェルス様にあまりお近づきにならないよう、お気をつけくださいませ」

恵那はどう返事をするべきか迷って、結局曖昧《あいまい》に頷いた。

（アヴェルス王子にとって、俺が王様の子を産むなんて話は、面白くないわけか）

だったら気が合うじゃないか——などと、呑気なことを言っている場合ではないのだろうか。

アコニの様子からして、彼が恵那に危害を加える怖《おそ》れがあると考えているのかもしれない。

（王妃になれだの、子供を産めってだけで頭が痛いのに……）

恵那は自分が無意識に手の甲を擦《こす》っていることに気づいた。アヴェルスに接吻けられた部分。触れるというよりも掠《かす》るというような雰囲気だったのに、妙に生々しく感触が残っている。

それから、皮肉っぽい相手の笑みを思い出して、落ち着かない。

（たしかに俺をよく思ってないらしいのは伝わってきたよ）

別に好き好んでこんな状況に陥《おちい》ったわけでもないのに、自分は被害者だとしか思えないのに、散々《さんざん》だ。

◇◇◇

どうにも散歩を続ける気が起きず、恵那はそのまま、自分に宛《あて》がわれた部屋へと戻った。

食事以外にすることもなく、暇だったし知りたいことも山ほどあったのだが、アコニたち女官とやらはあまり恵那の話し相手になってくれなかった。余計なことを言わないようにと、王かサージュから釘《くぎ》を刺されているらしい。

仕方なく、恵那は「王妃になれっていうなら、国のことを知りたい」と言い張り、そういったことの記《しる》されている本を部屋まで運んでもらった。

（……本も、読めるなあ）

話し言葉はわかるとして、文字はどうだろうかと思っていたが、書いてあることもわかった。元々、学んだことのない外国の文章も、恵那にはある程度わかりはした。ただそれは文字で理解しているというより、そこに書かれた単語を目にした時の印象で、書かれている内容がなんとなくわかるというだけだった。

だが本に書かれている文章を、まるで日本語を読んだ時のように、明確に読めることに恵那は驚く。綴《つづ》られているのはアラビア語辺りに似た雰囲気の文字で、それだけ見れば謎の形なのだが、読もうとすると意味が頭に入ってくるのだ。

（会話もそうだったけど……）

外国語を耳にした時も、単語が翻訳できるというわけではなく、言葉を発する相手から見える感情を読み取り言わんとすることを察する――という調子だったのだが。

この世界に来てから、誰の言っていることも、まるで日本語を聞いているかのようにすんなり理解できた。それにこちらの言っていることも相手に当たり前のように通じている。

（俺じゃなくて、魔術とやらのおかげなのか？）

誰も恵那と言葉が通じることを不思議がっていなかった。だったら自動翻訳機能とか、そういう魔法がここにはあるのかもしれない。男が妊娠できる魔法があるというのだから、それも不思議議じゃないのだろうか。

「いえ、そのような魔術を使ってはおりませんよ」

だが昼食の後、ご機嫌伺いと言って部屋を訪れたサージュに訊ねたらそんな答えが返ってきたので、恵那は驚いた。

「ええと……じゃあ、たとえば、言葉が通じなくても相手が何を考えてるのかわかる魔法とかも」

「そんな便利なものがあったら、皆こぞって使いたがるでしょう。拷問《ごうもん》も不要になりますな」

首を振りながら言うサージュに、なら相手の感情が読めるだなんてことを口にしなくてよかったと、恵那は改めて思う。誰だって心を覗かれることにいい気分は持てないだろう。

「エナ様のお国には、魔術がないそうですが」

逆にサージュに問われて、恵那は少し緊張した。ええ、と頷きを返す。

「それほどの魔力を持っておられながら、勿体《もったい》ない。怪我人や病人が出た時は、どのように対処を？」

「薬で手当てをしたり、手術をしたり、ですかね。魔術師じゃなくて、医療で何とかします」

サージュは恵那の暮らしていた場所に興味津々《しんしん》のようで、あれこれ訊ねてくる。多分個人的な質問であって職務ではないんだろうなあと苦笑しながら答えつつ、恵那もふとまた、彼に聞いてみたいことがあったのを思い出した。

「魔力っていうのは、見てわかるようなものなんですか？」

訊ねると、サージュが頷く。

「我々のような、神に仕《つか》える聖職者であれば。エナ様からは莫大《ばくだい》な力を感じます」

自分に魔力があると言われてもあまりぴんとこないが、やはり『感情の色が見える』というのはそのせいなのだろうか。

「でも、俺にはあなたの魔力とやらがわかりません」

「エナ様の場合は、慣れの問題かと思います。この国でも魔術を使うには到らぬ微弱な力の持ち主には、相手の魔力の量が見えないことの方が多いです」

「……ん？」

サージュの言い回しに、恵那は首を傾《かし》げる。

「魔術師じゃなくても、魔力を持ってる人がいる……というか、魔力を持っていても魔術が使えない人もいるっていうことですか？」

恵那の頭に浮かんだのはアヴェルスのことだ。魔術が使えないからと、王の子であることを周囲に疑われているらしいあの王子。

「この国に生まれ、興国の神カルドを信じる者で、魔力を持たぬ人間などおりません。地脈《ちみゃく》の影響を受けますから、量に差はあれど、誰しも必ず魔力を帯びているものです」

「え、でも、アヴェルス王子は」

「……ええ、あの御方には、魔力というものが微塵《みじん》も感じられない」

問い返すと、サージュは辺りを憚るような小声で言ったきり、気まずそうに口を噤《つぐ》んだ。

(……なるほどなあ)

アコニに運んでもらった本によると、この国カルバスは、今は神として祀《まつ》られているカルドという王が作った国ということらしい。元々は峻険《しゅんけん》な山に囲まれ固い岩盤《がんばん》ばかりの痩《や》せ涸《か》れた土地だったが、莫大な魔力を持つカルドが山の地下深くにあった魔法の泉にその力を注いで生き返らせた。泉から溢れ地脈を流れる魔力のおかげで大地は潤《うるお》い、作物が実り家畜が増え、人が暮らせる環境になった。この国で生まれた者は、すべからくカルドの加護《かご》を受ける——。

(普通の人ですら多少持ってる魔力を、アヴェルス王子はまったく持ってないってことか)

噂、というのだから、遺伝子検査のようなもので確認されたのではないだろう。アヴェルスの母親であるヒンメル王妃が実際に不義を犯したかどうかより、普通の人間ですら持っているはずの魔力を、アヴェルスがまったく持っていないというのが問題なのかもしれない。

(あの人に何の色も見えないのも、そのせいなのか?)

恵那の世界の人たちもまた、魔術を使えるほどではないにせよ、誰しも魔力を持っていたのだろうか。恵那には動物相手ですら、人間ほどはっきりとではないが、感情の色が見えていた。

「この国以外の人には、魔力はないんですか？」

「いえ、その国々で信じるものがあれば、やはり大小はあれども力は宿るものでしょう。ですから、まったく何も持たざるというのは……」

疑念と恐怖、微《かす》かな蔑《さげす》み。サージュの体にはそんな色が浮かんでいる。庭でアヴェルスに対《たい》峙《じ》した時のアコニにも、同じ色が見えていた。

（それであんな態度だったのか）

神の力を持たない、神を信じていない男。それは王家や国に背《そむ》く存在と見られても不思議ではないのかもしれない。

「――王妃様も何卒《なにとぞ》、御身《おんみ》お大事になさいませ」

アヴェルスに近づかないようにと、サージュも言外《げんがい》に言っている。恵那は今度もどう答えるべきかわかかない。

（だってもし、あの人が本当に俺が子供産んだらマズいって思ってるなら、俺と意見が一致してるんだもんなあ）

それを相手に伝えて、何とかしてアヴェルスに次の王になってもらう算段をつけられないものか。

（……でも子供産まないと死ぬ魔法が俺にかかってるっていうなら、魔法使えないアヴェルス王子が役に立つかはわからないし……）

結局恵那は、ただあやふやにサージュから視線を逸らした。

4

この日の晩も、またリュジスが恵那《えな》の部屋を訪れた。

「えーと。やっぱり、駄目……ですよね？」

昨日と同様、アコニたちに体の隅々まで浄《きよ》められ、昨日より豪華な寝間着を着せられて頭に小花まで飾られたが、そんな恵那をベッドに押し倒した王の体に兆《きざ》しは見られない。

「さもあらん」

リュジスは特に恥じ入る様子もなく、重々しく頷くと、恵那の上から退《ど》いた。

恵那はほっとして、はだけられた寝間着の前を合わせた。これで自分の体がどうやって子供を産めるのか、そもそもどうやって子作りをするのか、深く考えなくてすむ。ひとまず今晩は。

「やっぱり、俺じゃない人を探してきた方がいいんじゃないですか」

「これ以上死人を出したくはない」

死人、と言う言葉に、背筋がひやりとした。そういえば、恵那の前の王妃は、知っているだけで三人が全員死んでいるのだ。

「召喚《しょうかん》の儀式はよくよくのことだったと理解せよ。壮健《そうけん》で、魔力量も申し分ない者が選ばれたのだ」

「こっちは全然選ばれたくはなかったんですけど……」

本音を呟いたら、リュジスがじろりと視線を向けてくるので、身を竦《すく》める。

「決めたことだ。来月にも王妃として民に披露目《ひろめ》をする。遠目だが露台《ろだい》越しに見られるのだ、心しておくように」

「へ……、……は⁉」

まったく聞いてない。恵那はつい素《す》っ頓狂《とんきょう》な声を上げてしまった。

「ひ、人目に晒《さら》されるってことですか⁉　なるべく男だってこと知られないようにしろって言われてるのに」

「そのために、王妃としての振る舞いを覚えるのだ。存在を隠したまま突然に子を生《な》せば民は怪しむであろう、これまでにそんな例もない」

「来月って、だって、結構すぐじゃないですか！」

この世界でも、朝は太陽が昇り夜は月が出て、どうやら一日はおおよそ二十四時間、一週間は七日、一ヵ月は大体三十日と、恵那がいた場所と変わりなく時間が過ぎていくものらしい。だとすれば今は月の半《なか》ば過ぎ。翌月を迎えるまで二週間もないということだ。

「あまり大きな声を上げるな。警護の者に聞かれる」

リュジスに言われ、恵那は慌てて口を押さえた。ドアの向こうには衛兵がいる。何か不都合があればすぐに誰か飛んで来られるよう、あまり防音には気を使っていないらしいのだ。

「すべておまえの侍女に任せてある。万事《ばんじ》従うように」

それだけ告げると、リュジスはベッドに横たわってしまった。

「えぇ……」

王妃になれ、子を産めと言われただけでも途方に暮れているというのに、さらにお披露目だなんて――いよいよ逃げ場がない。恵那は頭を抱えた。

◇◇◇

リュジスの言っていた通り、翌日から「王妃としての振る舞い」が恵那に叩き込まれることになった。

「民衆の前にお姿をお見せになるといっても、城館本棟の三階の露台からお庭を挟んでの遠目になりますから、お顔もよくよくは見えない距離です」

最初にそう言われたので、適当にドレスでも着て、笑って手でも振ればいいものかと多少ほっとしたのも束《つか》の間。

「ただ、エナ様のお姿をまだご存じない方々、議会に出入りされている貴族や他国の使者をお招きしての夜会がございます。ダンスは他の方はお断りするにしても、陛下とは一曲踊られるのが習わしですし」

「ダンス……!?」

「直接どなたかとお言葉を交わすことはなくても、陛下と最低限のやり取りはなさっていただかないと不審でしょうから、テーブルマナーと共に学ぶことは多いですわ。怪しまれればサージュ様の魔術が破られ、エナ様の本当のお姿が露《あら》わになってしまいますから」

まさかのお妃教育だ。そんなものを、男として生きてきて二十六年、自分が受けるだなんて想像もしていなかった。

朝食からすでにそれが始まっていた。食事の取り方から座り方、カップの持ち方、言葉遣いどころか頷き方や相手に対する視線の向け方まで、女性らしく、かつ高貴な女性としての振る舞いをいちいち求められるのだ。

「エナ様はかつてこの国から遠国《えんごく》の王に嫁《とつ》いだ王族のお血筋ということになるようです。カルバスのしきたりから多少外れていてもそれでお目こぼしされるでしょうが、尊《とうと》い身分の方として生まれ育ったことには変わりありませんから、粗野《そや》な振る舞いは絶対にお控えくださいませ。今日にも新しい妃殿下《ひでんか》が陛下を娶《めと》られることについて、陛下より宮廷内でご説明があるものかと思われます」

「そ、そんな、見切り発車みたいなこと」

どんどん外堀が埋《う》められていく。男であることは勿論《もちろん》、異界から召喚されたということも極秘事項らしい。さすがに一国の王の配偶者としてそれなりの身分も必要なようで、『エナ王妃』

に相応《ふさわ》しい設定が生み出されている。

どうしたらいいのかわからないまま、厳しいアコニの教えに従わされた。

「膝は揃えてお座りになって」

「動きはもっと小さく、ゆっくりと、優雅に」

「一切れはもっと小さく、お口も小さく、咀嚼音《そしゃくおん》は立てない」

食事のマナーは当たり前のように両親から教わっていたし、自分がそれほど『粗野』な立ち居振る舞いだという自覚はなかったのだが、ことが女性、さらに王妃となると、アコニの駄目出しがすごい。

ひとつ動くごとに叱責《しっせき》され、ブラック企業の研修でもこうはなるまいというほどストレスフルで、長い朝食が終わった時にはすっかり疲弊《ひへい》してしまった。

これが昼も夜も続く。唯一の救いらしきものと言えば、恵那の身長が百七十半《なか》ばで女性にしては背が高いため、ハイヒールを履《は》かされずに済んだことくらいか。

「でもダンスはまあまあお上手ですのね。お生まれの場所でもご経験が？」

「いや運動会で盆踊りかフォークダンスくらいしかやったことないですけど」

近衛兵《このえへい》と組んで踊らされたワルツは、相手の意志がある程度わかるおかげで、アコニの言うとおりまあまあうまくいきはした。相手の望む方へ体を動かせば、あとは貴族出身で夜会好きダンス好きという近衛兵がリードしてくれたので、身を任せればいいだけだ。

「エナ様はこちらの思ったとおりに動いてくださるので、とても踊りやすいですよ。私の妹に教えた時など、緊張で体が強張《こわば》ってやり辛《づら》かったですから」

近衛兵にも褒《ほ》められ、恵那は半笑いになった。こんなところで自分の力が役立つことを喜べばいいものなのか、どうなのか。

そうしてなすがままに二日、三日と日が過ぎていく。その間も毎夜ベッドに王が訪れたが、結局何ごともなく並んで寝るだけで終わった。

とはいえ自分にいずれ手を出そうという相手と並んで寝るだけでも、結構な緊張感がある。

「あのう、散歩、散歩をしていいですか」

お妃教育四日目、恵那は一分一秒も惜しいというアコニに対して、そう懇願《こんがん》した。起きてから王が部屋を訪《おとな》うまで、アコニに一挙手一投足《いっきょしゅいっとうそく》を見られ、注意され、直されているのだ。いい加減限界だった。

「構いませんが、お庭でも王妃としての態度をお忘れになっては——」

「ちょっとの時間でいいので、そうだ、こないだの迷路みたいなところに行かせてもらえませんか」

あそこならアコニの目すらなく、一人になれる。そう思ったのだが、アコニが少し渋い顔になった。前回アヴェルスと遭遇したことを気にしているのかもしれない。

結局この日は、散歩すら許してもらえずじまいになってしまった。

（人権侵害《しんがい》だ……いや、ここに俺の人権なんてないのか……）

恵那は泣きたい気分にまでなったが、翌日になると、アコニが一転して散歩に許可をくれた。

態度も湧き出る色も、やはりしぶしぶという感じだったが。

「お昼過ぎであれば、他にお使いになる方もおられないようですので」

それで恵那はお妃教育五日目にして、ようやくまた散歩に出ることができた。

「今日はあまりお天気がよろしくありませんけど……」

一緒に外に出たアコニが空を見上げて言う。たしかに朝からの曇天《どんてん》で、今にも降り出しそうな天気ではあったが、恵那は構わず生《い》け垣《がき》の迷路に足を踏み入れた。

（やっと一人だ……！）

内股《うちまた》でしずしずと歩く必要もない、裾《すそ》を引き摺《ず》りそうなドレスをまくり上げ、ずんずんと道を進む。

両手を挙げて伸びをしたり、ゴキゴキと首を鳴らしながら歩くのにも解放感があって泣きそうだ。

悪天候のせいで少し肌寒く、恵那は思い切りくしゃみをしそうになって、慌てて両手で口を押さえると極力声を出さないようにすませた。恵那の正体を知らない騎士が哨戒《しょうかい》しているかもしれない。ペンダントの効果がどの程度あるのかわからないので、声だけ聞いた人間が「この時間、男が庭にいた」と言い出したらややこしい気がしたのだ。

(バレたらいろいろ面倒なんだろうしな……)

溜息をつきつつ歩くと、やがて前回来た時にも見たベンチに辿り着いた。何となく警戒して辺りを見渡すが、恵那の他に誰の姿もない。

ほっとしてベンチに腰を下ろしてから、恵那はそこにそっと畳《たた》まれたストールのようなものがあることに気づいた。

(アコニさんが置かせたのか?)

ストールは手触りのいい、落ち着いた藍色《あいいろ》の毛織物で、花や小鳥が刺繍《ししゅう》されている。上品で高級そうなものだ。どんどん空気が冷えてきている気がしたので、恵那はありがたくそれを肩からかけた。

「……何か、いい匂いがするな」

ストールからは、甘い、けれども甘すぎはしない爽《さわ》やかな香りがする。香水を振りかけたというほど主張が激しくないから、持ち主の移り香だろうか。

嗅《か》いでいると少し気持ちが安らぐ気がして、恵那はストールを鼻の上まで引っ張り上げると、その香りを吸い込んだ。

(俺も風呂に入れられてる香油《こうゆ》とか、髪につけるやつとか、こういうのにしてもらいたいなあ)

やたら花の香りのする油ばかり塗りたくられるので、日頃コロンの類《たぐい》など使ったことのない恵那には落ち着かないのだ。元々女性の化粧品の香りや香水、ついでに満員電車に充満する男性のヘアトニックの香りも苦手な方だった。だがこの香りはいい。

ストールにくるまって、しばしの休息を堪能《たんのう》する。

（……しかし、足が痛い）

気分は和《やわ》らいできたが、多少緊張がほどけてきたせいか、微《かす》かに感じていた足の痛みがどんどん大きくなってきた気がする。誰もいないのをいいことに思い切って靴を脱ぎ捨てた。絹の白い靴下に血が滲《にじ》んでいるのを見て恵那は「うっ」と声を詰まらせた。無理な歩き方やダンスのレッスンのせいでできた肉刺《まめ》が、潰れてしまっている。

「もー本当、何やってんだ俺……」

嘆《なげ》きつつ、筋肉の強張《こわば》ったふくらはぎや腿《もも》を揉《も》むが、なかなか痛みは治まらない。

間もなくして雨が降り始めてしまったので、恵那は慌ただしくストールを抱いて、アコニの待つ迷路の入り口まで戻った。

「これ、ありがとうございました」

畳んだストールを手渡すと、アコニが怪訝《けげん》そうな顔になる。

「こちらは？」

「あれ？　ベンチに置いてあったから、てっきり用意しておいてくれたんだと」

「いえ、私が指示した覚えはありませんが……どなたかの忘れ物かしら」

とりあえず持ち主を探しておきますと言って、アコニがストールを受け取った。

部屋に戻ってからダンスのレッスンのためにもっと裾の広がったドレスに着替えさせられる途中、アコニが恵那の足許《あしもと》を見て目を瞠《みは》った。

「エナ様、靴下はどうなさったんです？」

「あっ」

そういえば、ベンチで脱いだまま忘れていた。そう告げるとアコニが呆れた顔になる。

「あとで誰かに取りにやらせますわ。——ブーツがあるから結構ですけれど、くれぐれも陛下以外の男性の前で素足をお見せになるような真似はお控えくださいませ」

「何かまずいですか？　あ、男の足ってバレるからか」

「いえ、そうではなく。成人した女性が殿方《とのがた》に素足を晒《さら》すということは、寝室に誘うのと同じ意味だからです」

「あー……」

なるほどこの世界では、そういうしきたりがあるらしい。恵那は一応心に留めておくことにした。

この日もダンスを含めたお妃教育をみっちり受けたが、夜になると、挙句アコニから「今日からはお部屋から出て晩餐《ばんさん》を召し上がってください」と告げられた。

「お披露目《ひろめ》の後は、正餐室《せいさんしつ》でみなさまとのお食事になりますので、そろそろ慣れておかないと」

「人前で食べるってことですか？」

「『いただくということですか』。いらっしゃるとしても陛下か、エナ様のことをご存じの側近《そっきん》の方のみですわ。ただ陛下は基本的に貴族議員の方々とお話をしながらの晩餐が多いので、残念ながらお顔をお見せになるかはわかりませんが」

それで却って恵那はほっとした。

正餐室という部屋はリュジスがその貴族議員との食事で使っているらしく、恵那が案内されたのは想像よりはこぢんまりとした、長いダイニングテーブルの置かれた食堂だった。正餐用のドレスとやらに着替えさせられた恵那は、アコニが引いた椅子に腰を下ろす。

食堂には他に給仕らしき男性が一人いて、どうやら彼は恵那が「まだ世間には知らされていない、来月お披露目を控えた王妃」という情報以上のことは把握していないらしく、恵那は下手な振る舞いで男だとか、異界から来ただとかを悟《さと》られないようにと、さらなる緊張を強《し》いられた。

「アコニ様――」

その給仕に呼ばれ、アコニが部屋の外に出る間、恵那はたった一人とはいえ事情を知らない人間の前で飲食する緊張を抑えるように、食前酒のグラスを一気に空けた。

「こ、困りますわ、アヴェルス殿下」

「困る？　息子が義母と食事をして、一体何に困ることがあるんだ？」

そして耳に飛びこんできたやり取りとその声に、飲み下す途中のワインが喉《のど》に詰まって噎《む》せそうになる。

「俺一人分くらい、すぐに支度できるだろう。陛下がいらっしゃらないならその分を回してくれればいい」

そう言いながら部屋に姿を見せたのは、たしかにアヴェルスだ。椅子の上で固まっている恵那を見て、笑っていない目で微笑《ほほえ》むと、慇懃《いんぎん》に胸に手を当て、腰を屈《かが》めてみせる。

「王妃様におかれましては、ご機嫌麗《うるわ》しく」

臣下からそう挨拶された時に返す言葉を学んだ気がするのだが、恵那は急なことで動転して、頭からそれが吹き飛んでしまった。

大体アヴェルスを臣下として扱っていいのかわからない。

(というか、王族は後妻でも親子じゃないって言ってたじゃないか)

返事がないことを気にしたふうもなく、アヴェルスは当然のように恵那の向かいの椅子に腰を下ろした。

アコニたちは諦めた様子で耳打ちしあって、給仕が厨房《ちゅうぼう》と思《おぼ》しき方に姿を消した。結局一緒に食事を取らなければならない流れになったらしい。ここで強引に追い返すのも、おそらくアヴェルス王子に対して無礼なことになるのだろう。

アヴェルスは遠慮のない視線を恵那に向けてくる。恵那はつい顔を伏せた。

彼と面と向かうのは庭の迷路で遭遇した時以来だが、今日はヴェールもなく、素顔を晒した状態だ。サージュのペンダントは身につけているが、本当に自分が女性として相手の目に映っているのか、どうも不安になる。

「ここでの暮らしは慣れましたか、『異界からの賓《まろうど》』殿」

恵那がこの世界の人間ではないことだけ、アヴェルスは承知している。それまで隠さなくてはならないよりはまだ気が楽だが、どちらかというと、男であることを誤魔化《ごまか》す方が気骨《きぼね》が折れる気はした。

「……おかげさまで」

「おかげさまも何も、俺は何もしていませんがね」

ちらりと、視線だけ上げて恵那はアヴェルスを見遣った。

アヴェルスはいつも騎士の服を着ている。国王軍の旅団《りょだん》だか師団だかを任されていると聞いたが、平和な日本で生まれ育ちミリタリーにも興味のなかった恵那には、いまいち規模がわからない。

(やっぱり、何も見えない)

今日もアヴェルスからは何の色も読み取れなかった。

「そう遠慮がちにせずに、堂々と視線を合わせたらどうです？　あなたは陛下の妻なんだ、第一王子たる俺に視線を向けて無礼ということもないんですから」

笑っているのに笑っていない目が、恵那の方を向いている。

「ああ、周りに何を吹き込まれたか大体想像はつきますが、俺は王位なんて欲しくもありません。別にあなたやこれから生まれてくるであろう王子を害そうだなんてこれっぽっちも思っていませんので、変に緊張なさらないでください」

「――え？」

アヴェルスと、真っ向から目が合った。

相手が可笑《おか》しそうな笑い声を上げる。

「素直な人だな。やっぱり俺があなたを殺すか、子供の産めない体にでもするかと怯《おび》えているんですね」

給仕がもう一人増え、一人が恵那の前に、もう一人がアヴェルスの前に食事を並べている。アコニは部屋の隅に控えていた。

全員の体から、緊張の色が激しく揺らめいている。

「たまたま顔を合わせた時以来、まともにご挨拶《あいさつ》の機会ももらえないのはあんまりだ。長らく体調不良の上にご多忙という矛盾《むじゅん》した返事をそちらの侍女からはいただいていたが――」

アヴェルスがアコニに視線を向け、恵那も釣られてそちらを見た。アコニは緊張に重ねて怯えの色を吹き出しながら、アヴェルスの方を見ないよう顔を伏せていた。目を合わせないようにするのは単に王族に対する儀礼上の振る舞いという以上に、気まずさがあるのだろう。

「正餐を取れるほどお元気になられたのなら重畳《ちょうじょう》。王の子を産むためにも、たくさん食べて精をつけないと。私の母のようになってはいけませんから」

アヴェルスの母ヒンメル王妃は、アヴェルスを産んだ後から体調を崩し、間もなく亡くなったという。

が、それには自殺の噂があることを、恵那はアコニからそれとなく聞かされている。

（別の王妃も妊娠が原因で亡くなったっていうけど、それは王様の魔力を継ぐ子供を宿し続けるのが難しかったからで……でもアヴェルス王子には、魔力がない）

アヴェルスが王の子でないのなら、王の魔力に負けて消耗《しょうもう》し死に到る理由が、ヒンメル王妃においてはないはずだ。

だから彼女の死は、不義が露顕《ろけん》したことでの自死だとも囁かれている。

それらの話を思い出し、恵那が相槌《あいづち》に困っていると、アヴェルスが冷ややかな調子で笑った。

「俺の出自に関して疑問があるなら、そちらの侍女から聞くのではなく、直接訊ねていただきたい。こちらには何ら後ろ暗いところも、隠すべきこともないのだから」

恵那よりもアヴェルスの方がよほど、心の中を読んだようなことを言う。

次々と目の前に並べられる食事はどれも豪華だったが、とても味わう気になれない。恵那は女性らしい仕種、料理は細切れにして少しずつ口に運ぶ、咀嚼音は立てない、などとアコニから叩き込まれた作法を頭で繰り返すことに意識を向けようとした。

（本当、何考えてるのか目で見て全然わからないのが、これほどやり辛《づら》いとは）

せめて相手が本気で言っているのか嘘をついているのかだけでも知れれば、もう少し反応もしやすいのだが。

「まあ信じてもらえるとも思っていませんが、あなたにも、他の誰にも」

アヴェルスの方は、騎士らしく肉の塊《かたまり》を大きな口で食べている。とはいえ粗雑さの欠片《かけら》もなく、優雅さが感じられるのは、王子という育ちのよさのおかげなのだろうか。

「本当に。真《ま》っ平《ぴら》御免《ごめん》なんですよ、こんな国の王位なんて」

アヴェルスの呟きは、恵那に聞かせるというよりも、独り言のような響きだった。

（本当に、俺に何か危害を加える気はないのか……？）

それきりアヴェルスは話を止め、黙然《もくねん》と食事を続けた。恵那も自分から会話を続ける気が起きず、相手同様黙って料理を口に運ぶ。

どうにも気まずい空気のまま、先にアヴェルスが食事を終え、席を立った。

それでほっとする恵那を、アヴェルスが見下ろす。

「せっかく縁ができたんだ、少しは歩み寄りましょう。お互いに」

微笑むアヴェルスの目はやはり笑っていない。

恵那は最後まで、ちっとも食べた気がしなかった。

◇◇◇

恵那の靴下はみつからなかったらしく、庭を飛び交う鳥の巣材にでもされてしまったのかもしれないというところで落ち着いた。

「靴下は下着と同じようなものだと心得てくださいませね」

アコニにそう叱られると、恵那は妙に気恥ずかしくなった。この世界ではそういうことらしい。

だから翌日もヴェールを被りつつ一人で庭の迷路に入った時、ベンチの上に自分の靴下が置いてあったことに、目一杯動揺してしまった。

(え、何で)

絹の靴下に滲んでいた血は綺麗に洗濯されている。そしてその下には、昨日とはまた違うストール。それを手に取ってみると、中に何か挟まっている。

何だろう、と畳まれたストールを開いてみたら、クリーム状の何かが入った小瓶《こびん》と、メモ書きが出てきた。

『傷口に塗《ぬ》るもの』

短いメモ書きはそう読み取れる。

(傷は魔法で治してもらったんだけどな)

今朝の入浴の時、肉刺《まめ》が潰れたことに気づいたアコニが魔術師を呼び、魔術で治療してくれた。些細《ささい》な傷であればごく初歩的な魔術で治せるのだという。サージュではない女性の魔術師がやってきたのは、いくら年配の魔術師であっても、王妃として男性に素足を見せるわけにいかなかったからなのだろう。

しかし、午前中のダンスのレッスンでまた足が痛んでしまった。恵那は瓶を開けて匂いを嗅《か》ぎ、どうやら中身は自分の知っている傷薬の軟膏《なんこう》と似たものらしいとわかったので、ためしにそれを塗ってみることにする。一応辺りに人目がないことを確認してから靴と靴下を脱ぎ、指でクリームを手に取って、足の指や甲に塗り込んだ。

（あ、気持ちいい）

熱を持った足がひんやりした。染みることもなく、ただ爽快《そうかい》だ。ついでに足の筋《すじ》をマッサージしてみたら、ますます気持ちがいい。

（誰なんだろう、これを置いてくれたの。アコニさんではないんだよな）

アコニが手配してくれたのなら、わざわざここに運ばせなくても、部屋で渡してくれればすむ話だ。

首を捻《ひね》る恵那の頭に、ちらりと、あの常に目が笑っていない王子の顔が浮かぶ。

（いやいや）

それはないだろうと一人苦笑した。というか、もしこれが彼の用意したものであれば、迂闊《うかつ》に使ってはまずいのではと一瞬背筋がひやりとする。

（……でも、あの人は王位なんて欲しくないって言ってた）

『アヴェルス殿下はそうおっしゃいましたが、鵜呑《うの》みになさってはいけませんわ』

アコニはゆうべの晩餐のあと、念を押すように恵那に言った。

『殿下のお母上は、かつての敵国から嫁《とつ》いできた方です。国境線を巡る戦いを長らく続け、今は友好国として同盟を結んでおりますが……陛下とはいわば政略結婚でした。ヒンメル様はとても気位《きぐらい》の高い方で、人質のように差し出されたご自分のお立場を恨《うら》んでいらっしゃって、いつも王妃になどなりたくはなかったと泣き喚《わめ》いていらっしゃいましたわ』

アコニからは、ヒンメル王妃に対する嫌悪感を示す色が浮かんでいた。

『閨《ねや》でも金切り声を上げて暴れて、陛下に怪我を負わせたことすらありましたのよ』

ヒンメル王妃がいかに王を、この国を恨んでいたのか。

その息子であるアヴェルスも周囲に馴染もうとせず、進んで軍に入ったのは、体や剣の技を鍛《きた》えて王に報復するために違いないとアコニは言った。

『きっとあの方は、ご自分のお母上を殺したのが陛下だと思い込んでいらっしゃいますから』

アコニは本気でそう言っていた。おそらくそれが、この国におけるアヴェルス王子への認識なのだろう。

（実際のところは、どうなんだろう）

アヴェルスはアコニの言うとおりのことを考えているのか。それとも、アヴェルス自身が口にした通り、王位を継ぐ気はなく、恵那に危害を加えるつもりもないということが本音なのか。

アヴェルスの恵那を見る視線は冷たく、笑っていてもどこかそらぞらしい。最初から好かれていない感触はあった。

（やっぱりそんな人が、こんな親切なことしてくれるわけがないか）

城館の庭には、リュジスやその側近である上位貴族、彼らを警護する近衛兵も出入りしているという。それに庭師だの、恵那の世話をしてくれているような女性たちもいるのだ。そのうちの誰かがたまたま昨日恵那の血で汚れた靴下をみかけ、気の毒がって薬を置いておいてくれたのだろう。

（ストールは女物なんだから、女の人って気がしてたんだけど）

恵那は薬についていたメモ書きを改めて眺めてみたが、随分と力強い筆跡だ。

（いやこれ、男の字か？）

首を捻りつつ、恵那は何となくストールを手に取って、鼻先に近づけた。

「……同じ匂いだ」

思わず声が漏れる。布からは覚えのある香りがした。昨日、ストールからも感じた甘い、けれども清涼感《せいりょうかん》のある気持ちのいい匂い。

最初のストールは忘れ物だったのかもしれない。だが今日用意されたストールと薬、それに靴下は、どう考えても恵那のために置かれたものだ。

「誰なんだろう……？」

一人首を捻るが、考えたところで、答えはわかりようもない。

迂闊に薬を足に塗ったことを知られればアコニに叱られそうな気がしたので、恵那は小瓶と布はそのままベンチに置いておいた。靴下だけ、そっと上着の中に隠して持ち帰る。

この日も晩餐は食堂で取るように言われた。またアヴェルスと顔を合わせたらと思うと恵那は気が重たかったが、席についてから食事を終えるまで、部屋には誰の訪れもなかった。

ほっとする気持ちと裏腹に、なぜか少し落胆する気分があるのが我ながら不思議だ。

（何の感情もわからない人っていうのはどうも不安だけど……だから却って腹割って話したいというか、答え合わせをしてみたいというか）

アコニの言うこととアヴェルス自身の言うことのどちらが正解なのかが知りたい——気がする。

今まで何の苦もなくそれができていたのに、アヴェルスの時だけわからないというのが、どうも据《す》わりが悪い。

そう思っていたが、部屋に戻るために食堂を出て、廊下の向こうにアヴェルスの姿を見た時は、緊張で体が強張《こわば》った。

（目が笑ってなさすぎて怖いんだって）

こちらに気づいた相手の見せた眼差しが、相変わらずの冷ややかさで少しぞっとする。アコニからあれこれ話を聞いたせいもあるのだろうか。

「ご機嫌よう、王妃殿下。少し遅れると連絡を差し上げたつもりでしたが、早々にお食事を終えられてしまいましたか。残念だ」

目の前で足を止め、微笑むアヴェルスの口端だけ持ち上がっているのがなお怖い。

(今日はアコニさんから妙に食事を急《せ》かされるなと思ったけど、そういうわけか)

恵那は自分も立ち止まりながら、気まずい心地でアヴェルスから目を伏せた。今日も相手にかける言葉がみつからない。

別の王妃が産んだ王子に対して王妃がどう接すればいいものかアコニに訊ねても、「王太子ならばともかく、ただの王子でしたら、身分に差はございませんので。取り合う必要はございません」という素気《すげ》ない返事だった。

「参りましょう、王妃様」

そのアコニはアヴェルスに対して一礼しただけで、恵那の腕に触れて先を促《うなが》す。

「侍女殿の王妃教育が行き届いているようで」

アコニに促され歩き出しかけた恵那がはっとなったのは、苦笑と皮肉の混じったアヴェルスの言葉のせいではない。

彼の隣を通り過ぎるときに、覚えのある甘い香りがしたからだ。

（え？）

目を瞠《みは》って振り返るが、アヴェルスはすでに食堂の中に入ってしまうところだった。

（今の匂い、ストールについてたのと同じ――）

5

部屋に戻った後にアコニに訊ねてみると、この世界では男性も、特に貴族であれば当たり前のように身だしなみとして香水を使う風習があるという。

たしかにリュジスからも、いつも清潔な石鹼《せっけん》のような香りがしていた。

(じゃあやっぱりベンチにストールを置いたのも、靴下を拾って洗っておいてくれたのも、傷薬を用意してくれたのも、アヴェルス王子なのか……？)

それも、誰かに頼んでではなく、彼自身が用意したから、その匂いが布に移ったということなのだろうか。

「エナ様も香りにご興味をお持ちになりましたか？　調香師《ちょうこうし》を呼んでご自分に合った香りを作らせることもできますけれども……当分は今の香油《こうゆ》をお使いくださいませ」

「あ、でもこの匂い、何ていうかフローラル臭《しゅう》が強くて、若干《じゃっかん》鼻がキツいんですけど」

アヴェルスの香りについての質問をするつもりだったから話は逸《そ》れてしまったが、体のあちこちに塗りたくられる油の匂いは換えられるものなら換えてほしいので、恵那はそう頼んでみた。

アコニの表情が曇《くも》る。懐かしさと悲しさの入り交じった色が、彼女の体から湧き上がっていた。

「亡くなったシエロ様が好んでお使いになられていたものです。その……陛下もお気に召していらっしゃったので、お換えにならない方がよろしいかと」

「……あー……」

リュジスはどうも、シエロ王后《おうこう》と恵那の姿を重ねることで、夫婦の営《いとな》みを成功させようと試《こころ》みているらしい。だとしたら、愛した妻を想起《そうき》させる匂いをさせておいた方が都合がいいのだろう。

「アコニさんは、シエロ王后と面識があったんですか？」

アコニの見せる懐《なつ》かしさの色から、恵那はそう気づいて訊ねてみた。

「私のことは『アコニ』とお呼び捨てになさいませと何度も申しておりますが。――ええ、シエロ様が亡くなるまで、あの御方《おかた》の侍女を務めておりました」

やはり恵那の思ったとおりだったようだ。それでアコニが恵那の侍女にもなったのだろう。

「優しく、気高《けだか》く、お美しい方でした。陛下のご寵愛《ちょうあい》も当然のものです。シエロ様に御子様がいらっしゃれば、きっと陛下は他の王妃を娶《めと》ろうだなんて考えもしなかったでしょうに……」

呟いてから、アコニが我に返ったような顔になり、ソファに座る恵那の前に跪《ひざまず》いた。

「お許しください、無礼なことを申し上げました」

「いや、そんな、俺もそうあってほしかったと思うので、構いませんけど……」

本当に、王がもっとも愛したという女性が王子を産んでいれば、自分はこんな目に遭《あ》わずに済んだのだ。

（……それに、アヴェルス王子も）

アコニがアヴェルスやその母親に対して強い態度になるのは、シエロ王后の侍女をしていたせいということもあるのかもしれない。死んだ王后に、アコニも随分と強い尊敬、そして愛情を持っている。

「何か、すみません。シエロ王后の代わりが俺みたいな男で」

「いえ……いえ、ご自身に代わりお世継ぎを儲《もう》けてくださる王妃を、シエロ様も望んでいらっしゃいましたから。自分が長くないことを知って、陛下がいかに深い悲しみに嘖《さいな》まれるかを思って、あの御方も悲しんでおられました。ですからエナ様、あなた様には必ずお世継ぎをお産みいただきたいのです。亡き主《あるじ》の願いですから」

アコニは熱っぽい声音で言った後、真剣な顔を上げ、恵那を見遣った。

「もうひとつご無礼を承知でお伺いします、エナ様。陛下のお渡りは毎晩ございますが、もしかして、エナ様は未だに清いお体のままではありませんか？」

「えっ」

恵那は思わず大きく目を見開いた。閨《ねや》でのことは夫婦の秘密だとリュジスに言われていたのに、なぜアコニが知っているのか。

「――お褥《しとね》が、あまり乱れていらっしゃいませんから……他の女官たちは未婚の娘なので気づいていないでしょうけれども」

部屋の中でもなお声を潜《ひそ》めてアコニが言う。

（そ、そういうものなのか）

何しろ恵那も経験がないので、そこには思い至らなかった。

「やはりそうでしたのね。破瓜《はか》のお痛みもおしるしもないようでしたけれど、女性ではありませんからそういうものかもしれないと思っておりましたが……毎夜陛下に愛されているにしては、エナ様に何のお変わりもないようですし。それに、何かあった時のために私も部屋の外で控えておりますけど、そういうお声もあまり……というかまったく、漏れ聞こえてきませんでしたから」

アコニの指摘に恵那はひたすら赤くなるばかりだ。

（何で男なのに処女だろって指摘されて死にそうに恥ずかしくならなきゃいけないんだ……？）

「お肌に愛撫の痕は残っておりますから、陛下がまったくお触れにならないというわけではございませんでしょう？」

王の秘密を口にしていいものかわからず、恵那は「あー」とか「うー」とか無意味な呻《うめ》きを漏らすことしかできない。

しかしアコニはまるで彼女まで相手の心を読んだかのような顔で、万事《ばんじ》心得たというふうに頷いた。

「エナ様に非はございませんわ。ただ、もしかしたら少ぅし、努力が足りないのかもしれませんわ」

「どりょく?」

「ああいったことは陛下の方に心得がおありでしょうから、口出しするのも不遜《ふそん》かと思って黙っておりましたけど、未だ御子様を授《さず》かる兆《きざ》しもないとサージュ様もご不安のようですし」

「えっ」

妊娠したかどうかまで魔術でわかると言うのか。恵那は赤くなったり青くなったり忙しかった。

「僭越《せんえつ》ながら、私が寝所《しんじょ》で殿方を愉《たの》しませるための手解《てほど》きをさせていただきます」

アコニは極めて真剣な顔で、恵那を見上げている。

「まず、女性は、あまり声を上げてははしたないと思われるでしょうが……獣のようにわめき立てるならともかく、堪《こら》えきれずに止《や》むなくという調子であれば、むしろ殿方はお喜びになりますので、ほどよく『我慢しているけれどしきれない』というお声をお使いください。身を固くしているばかりでは、陛下のお気持ちも乱れることがございませんわ」

そのあたりまでは、まだ正気で聞いていられたが、

「それでも陛下のお体に何の兆しもないようであれば、エナ様の方から触れることも必要です」

「触れる……って、どこに……」

アコニが非常に端的《たんてき》に男性器を示す言葉を口にしたので、恵那はソファの上で及び腰になった。

「そ、そんな、無理です」

「ことを成し遂げなければ、エナ様のお体にも障《さわ》りがあるのだとお聞きになったでしょう？　強い魔力で受胎《じゅたい》に備えていらっしゃるから、そこが空洞のままでは、やがてエナ様ご自身の魔力が喰われて消耗《しょうもう》してしまうのだと」

恵那はまた青くなって自分の腹を押さえる。そんな魔術だと具体的には聞いていなかった。

そのうえ『受胎』という言葉があまりに生々しい。

こっちはまだ、男の体のままでどう『受胎』するものなのかすらわかっていないというのに。

「一度でも交われば、秘術のおかげで、かなりの高確率で受胎なさるそうですから。今まで男性としてお過ごしになっていたのに、急に女性として子を産めと言われて戸惑うお気持ちは私共も重々承知しております。ですが、このまま萎《しな》びて亡くなるよりはずっとよろしいでしょう？」

そう言って、アコニはさらに具体的な『男性の悦《よろこ》ばせ方』を、言葉で、時には仕種も交えながら恵那に教え込もうとしてくる。

そのおかげとは決して言いたくないが、最終的に王を受け入れるのは、恵那が想像していたとおりの場所であることもわかってしまった。

(男とのセックスに成功して子供を孕《はら》むか死ぬかの二者択一って、やっぱりあんまりじゃないか⁉)

しかも望んでもいないその行為に自分の努力が必要だなんて、苛酷《かこく》すぎる。

こちらは親しい友人との猥談《わいだん》というものすらしたことがないのだ。

アコニからひととおりの話を聞く頃には、恵那の頭はすっかりクラクラしていた。

「――そういったことを、今晩にもお試しなさいませ。いかにシエロ様をご寵愛なさっていたとはいえ、他の王妃様とも御子を儲けたり、ご懐妊《かいにん》までは到っておられるのですから、エナ様がお相手でも大丈夫です」

「……見るからに男の体でも……?」

「ええ。お手やお口で直接愛撫されれば、お心はさておきお体の方が反応なさいます。陛下とて男性ですから」

断言するアコニの迫力がすごい。

「では、お励《はげ》みなさいませ」

などと言われて、その日の夜を迎えてしまった。

いつものようにリュジスが部屋を訪れたが、ここ数日、アコニの熱量に反して、彼はあまり恵那に積極的に触れようとはしなくなっていた。お妃教育で恵那が疲弊《ひへい》していることを察して、体調を気遣ってくれているようなのだ。

「今日も疲れているようだな」

ベッドに並んで座り、恵那の寝間着に手をかけることもなくリュジスが言う。

「ええ、まあ……」

疲れているのはダンスやテーブルマナーに加え、閨の教えのせいもあったが、そんなことを言えるわけもない。恵那は曖昧に笑った。

そんな恵那に、リュジスが冷静な眼差しを向けてくる。

「──多少は緊張も解《ほぐ》れてきた頃合いかと思ったが。また、身を固くするようになった」

「そ、そうでしょうか?」

たしかに一週間も立て続けに同じベッドで寝ていたら、こんな状況のこんな相手だというのに、リュジスに対しての緊張感が薄くなってきたかもしれない。

リュジスが『見知らぬ男』から、『知っている男』に変化しつつあるのだ。

(ストックホルム症候群みたいなもんか……?)

リュジスが無理強いせず、恵那を気遣う気持ちも目に見えているので、相手の優しさが伝わってくるおかげもあるだろう。

(見た目は厳《いか》つくて怖い感じだけど、いい人なんだよなあ)

しかしアコニの教えのせいで、性行為を生々しく想像してしまい、またリュジスに対して気持ちの距離が開いてしまったかもしれない。

（いや、だって、無理だ。そんな、手でとか、口でとか……場合によっては自分で準備して、自分で受け入れて、自分からこ、腰を、とか）

アコニの説明を思い出した挙句、自分の身に置き換えて想像しそうになり、恵那は気恥ずかしさに口を噤《つぐ》んだ。

「……ふむ」

そんな恵那をしばらく眺めていたかと思うと、不意に、リュジスが手を伸ばす。

指で顎《あご》を取られ、恵那は驚いて目を見開いた。

「今の表情、悪くはない気がするな」

「えっ」

「我が子よりも若いという花嫁をもらうのは、些《いささ》か……と思っていたが」

「えっ、え」

目を細めてみつめられ、恵那はリュジスの隣で限界まで身を固くした。リュジスが体を寄せてくる。初日以来なぜかキスをしようとはしてこなかった相手が、いよいよその気になったのか、ここで二十六年守ってきた唇が、いや純潔《じゅんけつ》が奪われるのか、と恵那は硬直し続ける。

（……覚悟を決めるべきか？　自分からアコニさんが言ったみたいなことをやらされるよりは

全部任せて終わらせた方がよっぽど）

だがリュジスはやはり恵那の唇に触れることもなく、ただ、両腕を背中に回してきた。

そのまま抱き寄せられ、恵那はリュジスの逞《たくま》しい胸に寄りかかるようにして抱かれる。

（うわ）

それが思いのほか心地よいことに、狼狽《ろうばい》した。

（……抱き締められるのって、こんな、気持ちいいのか）

リュジスの体温は温かい。恵那は緊張で血の気《け》が引いているし、リュジスの方が筋肉があるから、その差だろうか。恵那は思い切って体の強張《こわば》りを解き、リュジスの方に体重を預けてみた。

（王様はやっぱり、石鹸の匂いだ）

風呂に入ったせいなのか、それともそういう香りを好んで身につけているのか。こうまで寄り添うと、今までよりはっきりと香りがわかる。部屋には夜になると少しスモーキーな甘い香りが焚《た》きしめられていたから、そちらの方がより気になっていたのだが。

リュジスは特にそれ以上恵那に触れようとはせず、ただじっと背中を抱いている。

そういえば父親に抱き締められた記憶が自分にはないと、恵那は不意に気づいた。

今さらそれを悲しがるような歳ではないが、リュジスの腕の中にいるのが思いがけず心地よいのと、無関係ではないのかもしれない。

何となく目を閉じた時、恵那は先刻彼が口にした言葉を思い出した。

「……あなたは、アヴェルス王子が自分の子供だって、認めてるんですか？」

思わず口に出して訊ねてから、恵那は我に返って瞼《まぶた》を開いた。とんでもなく不躾《ぶしつけ》なことを聞いてしまった気がする。

おそるおそる見上げると、リュジスは珍しく驚いたような顔で目を見開いていた。

「すっ、すみません、余計なことを」

「さすが異界からの賓《まろうど》よ、怖《おそ》れを知らぬ」

唇の端を吊り上げた王の顔は怖ろしく、だがその体から立ち上《のぼ》るのはどうやら怒気《どき》ではないらしいとわからなければ、恵那は悲鳴を上げていたかもしれない。

「――アヴェルスは我が子だ。対外的にも、そういうことになっている」

不義の子であるというのはあくまで噂であり、証拠がないから、認めざるを得ないということだろうか。

（……やっぱり色がごちゃついてて、よくわからないんだよな）

リュジスが気分を害していないことはわかったが、何を考えているのかまでは把握できない。人が本音を話しているのかは大抵見ればわかるし、こういう感情の時にこういう言葉を口にするなら本音はこうなのだろうと察しをつけることも、今までは簡単だったのだが。

（王様って職業の人と会うのは、初めてだもんなあ）

恵那の想像も及ばない思考や感情を、リュジスが持っているということなのだろう。

「闇で他の者との間に生まれた子の話をするのは、無粋《ぶすい》ではないか?」

「……すみません」

闇、と改めて口に出されて、そういえば自分はこの人との子作りのためにここにいるのだったと恵那は思い出す。

寛《くつろ》いだ気分になっている場合ではなかった。

「まあ、よい」

だがリュジスの方も、恵那の体をどうこうするつもりは今日もないのか、特に動かずにいる。アコニから授《さず》かった知識を今晩披露《ひろう》しなくてはならない流れではないようで、恵那は内心ほっとした。

「こうして少しずつ歩み寄っていくのも悪くはないだろう。時間が足りぬとはいえ……」

安心したせいか、リュジスのそんな言葉を聞きながら、今日の疲れがどっと出てきて急激に眠たくなってくる。

うとうとする恵那を見たリュジスが小さく微笑《ほほえ》んだように見えたのは、気のせいか。恵那は結局そのまま、リュジスに凭《もた》れて眠り込んでしまった。

◇◇◇

朝、目が覚めるとやたら頭がすっきりしていた。リュジスの姿はすでになく、寝台の乱れもなかったから、アコニは落胆しているようだったが。

今日も午前中みっちりお妃教育を受けたあと、昼食を終え、また散歩に出ることにした。一人で庭の迷路に入ると、歩きながら、恵那の胸は奇妙なくらいどきどきしていた。緊張なのか、期待なのか、我ながらよくわからない高鳴り方だ。

ベンチまで辿り着くと、今日も昨日とは違うがやはり高価そうなストールと、その上に、薄紫と青との絶妙なグラデーションがついた花が置いてある。それを目にした途端、恵那の中でじわっと喜びのようなものが溢れた。

薔薇《ばら》に似た花をそっと手に取ってみると、丁寧に棘《とげ》の取られた痕がある。

(わー……)

これは、自分宛《あて》なのだろうか。

万が一アヴェルスが誰かと誤解しての贈り物なら、自分が手にしていいものなのだろうか。

(だってあの人が俺にこんなものくれる理由、全然ないだろ)

もしかしたらここにいるのが自分――異界からの賓《まろうど》である『エナ王妃』だと知らないままなのかもしれない。

(でも一回、ここで顔は合わせてるんだよなあ)

どうにもわからない。恵那はベンチに腰を下ろすと、上着の中に忍ばせておいたものを取り出した。部屋でみつけた便箋《びんせん》だ。それをベンチに置いて、一緒に持ち出したインク瓶《びん》を開け、ペン先を浸《つ》ける。

『ストールも傷薬も助かりました。靴下を洗濯してくれてありがとう。ところで、あなたは誰ですか？』

インクを乾かしてから便箋をたたみ、ストールの間に挟み込む。

花になんて興味はなかったのに、ベンチに置かれたそれがあまりに綺麗すぎて、しげしげと眺めているうち、手放すのが惜しくなってきてしまった。

（このまま放っておいて、枯れても勿体《もったい》ないし……）

そう言い訳を作って、立ち去る時も花を手にしたままでいる。

「あら、そのお花は？」

迷路の入り口で待っていたアコニが、不思議そうな顔をした。

「ええと、中に、落ちてて……綺麗だからつい、拾ったんですけど」

「また鳥の悪戯《いたずら》かしら。でも傷もついていないようですし、お部屋に飾りましょうか」

アコニは恵那の出任せに疑いも持たず、部屋の一輪挿《いちりんざ》しに花を生けてくれた。

「花が枯れない魔術とか、あるんですかね」

窓辺に飾られた花を眺めながら訊ねると、「勿論《もちろん》」とアコニが頷く。

「永遠に枯れないようにするのは無理ですけれど、長持ちさせることはできますわ。興国《こうこく》の神カルドのお力は、何より大地や植物を健《すこ》やかに育《はぐく》むことですから。あとでサージュ様にお願いしておきましょう。それにしてもエナ様、よほどこのお花がお気に召したのですね」

「うん、まあ……綺麗ですから」

自分でも、何にそれほど惹《ひ》かれたのか、わからないが。

(花の匂いとか、どっちかって言うと苦手なはずなのに)

何となく気持ちが引き立って、午後からのお妃教育にも前向きな気持ちで取り組むことができた。

花ひとつでこうなるのが不思議だ。部屋には他に大きな花瓶《かびん》にも大輪の花がこれでもかと飾られていたり、入浴の時にも湯桶《ゆおけ》に小花や花びらが散らされていたり、恵那自身に飾られたりもしているのに。

「ダンスもマナーも、随分ご上達なさいましたね。もうお披露目にはほとんど心配がないでしょう」

厳しいアコニにも太鼓判《たいこばん》を押された。

「明日からは少しご自分の時間をお取りになっても大丈夫ですわ。御本をお読みになったり、音楽が聴きたければ楽士《がくし》を呼ぶか、サロンにピアノもございますから」

どうやら休む暇もないレッスンからは解放されるようで、恵那は心からほっとした。

とはいえ晩餐《ばんさん》はやはり部屋の外で取らなければならないらしい。その日はアヴェルスが姿を見せることもなく、リュジスも現れなかったから、また一人の食事だった。

アヴェルスが来るかもしれないと少し緊張していた恵那は、何となくがっかりした気分になる。

ストールや薬を用意してくれたのがアヴェルスだったら、恵那の手紙をもう目にしているかもしれない。どんな反応をするのかと身構えていたのだが。

「本日よりしばらく、陛下のお渡りはありませんわ」

食事を終えて部屋に戻ると、アコニが残念そうに言った。

「え、そうなんですか?」

「ええ、公用で四、五日ほどおでかけですので。——予定では、それまでにエナ様のご懐妊が確認できるはずだったんですけれども」

アコニが大袈裟《おおげさ》に溜息をつく。恵那は申し訳ないような、そもそも何もかも自分のせいではないので謝るのも妙な気がするようなで、口を噤《つぐ》んだ。

ともあれ久々に一人で眠れる状況は大歓迎だ。夜になり燭台《しょくだい》の火が落とされると、恵那は広いベッドで大の字になった。問題を先延ばしにしているだけなのだろうが、何も考えないことにして眠り込んだ。

◇◇◇

翌日の午前中は、思い立って初歩的なものだという魔術書を借り受け読んでみることにした。

自分にかけられた魔術を無効化できないかという考えからだったが、王家の秘術とか言っていたとし、そうそう簡単に情報が載っているものでもないらしい。いくら言葉がわかっても、魔術に関する文章は恵那にはなかなか理解し難《がた》かった。

（基本的には、作物をよく実らせたりとか、怪我や病気の治療とか……あとは、戦争に使う感じの）

敵を霍乱《かくらん》するため、罠《わな》を仕掛けるため、直接攻撃するため、防御するために様々な魔術があるらしいが、そもそも戦争と言われても恵那にはぴんとこない。テレビゲームのように呪文《じゅもん》を唱《とな》えるだけではなく、魔術によって用意する道具や素材があるようなのだが、それらの名前は恵那の知る言葉に変換できないのか、読み取れるのはただ文字の羅列《られつ》でしかない。

全体的に意味がわからないまま、結局、魔術書は流し見するだけで終わってしまった。

魔術を無効化するなんて夢のまた夢に思えてきた。

そうこうしているうちに昼になり、食事を終えた後、恵那は少し逸《はや》る気分で散歩に出かけた。

昨日の手紙に、きっと返事があるだろう。そう思って道を急ぐと、いつものベンチにまた別のストールが置いてあるのが見えた。それを手に取って開いてみるが、手紙らしきものは挟まれていない。風に飛ばされたのかとあちこち調べてみたが、いくら探しても紙片《しへん》のひとつもみつけられなかった。

(花すらない、か……)

もしかしたら、相手は自分の手違いに気づいたのだろうか。誰かに贈るつもりだったものたちが、手紙によって別人の手に渡ってしまったと気づいたとか。

(だったら滅茶苦茶《めちゃくちゃ》気まずいよな)

恵那はベンチに腰を下ろし、邪魔なヴェールをめくり上げながら、今日はよく晴れている空を見上げて息を吐いた。

(別の人のために用意された花で喜んでたとか、俺だって気まずいよ)

もう一度溜息をついた時。

「——そこにおられるのは、エナ王妃ですか」

そう問う声が聞こえて、恵那は驚いて空から顔を戻した。

囁くような低い声は、ベンチからさらに先に続く道の方から聞こえてきた。

「誰……」

慌ててヴェールを元に戻す。

「失礼」

生け垣《いがき》の陰から姿を見せたのは、アヴェルスだった。

恵那がつい相手の方から逃げるようにベンチの上で身動《みじろ》ぐと、近づこうとしていたアヴェルスが足を止めた。何も持っていないことを示すように、両腕を伸ばして広げる仕種をしている。

「あなたに危害を加える気はない。ただ少し、聞きたいことがあるだけだ」

「な……何ですか」

「これを」

そう言ってアヴェルスが懐《ふところ》から取り出したのは、見覚えのある紙だった。

昨日恵那が手紙を書いた便箋だ。

(何でこの人があれを……って、何でも何も)

やはりストールや薬を置いたのは、アヴェルスだったのか。

「あなたが書いたものでしょう?」

問われても、恵那は頷くべきか否定するべきかわからない。アコニが口にしたアヴェルスやその母親についてのあれこれが頭を巡《めぐ》る。最初ここで会った時は何も知らなかったから強気に出られたが、危害を加える気がないという相手の言葉をどこまで信用していいのか、判断がつかなかった。

「……その紙が、何です」

自分が書いたかどうかには言及せず、ひとまずそう問い返してみた。

「これには、何が書いてあるんですか」

「――え？」

恵那は知らず俯《うつむ》いていた顔を上げて、アヴェルスの持つ便箋を見た。

「文字……だとは思うんですが。あなたの祖国の言葉なんだろうか。俺の知るどの言語とも違うから、読めない」

「……あっ」

指摘されて初めて、恵那はその可能性をまったく考えていなかった自分に気づいた。

（馬鹿か、俺は）

アヴェルスに日本語がわかるはずがない。恵那はこの国の言葉が読めるが、そういう魔術もないとサージュにたしかめた。だとしたら、それは恵那の生まれつきの妙な力のおかげだ。別に日本語とカルバス語に互換性があるわけではないのだ。

謎の文字が書き付けられた便箋を見て、アヴェルスはさぞかし困惑したことだろう。

「……ストールと薬と、あと靴下を綺麗にしてくれたことへの、お礼を」

自分の間抜けさに恥じ入りつつ、恵那は顔を伏せて小声で応《こた》えた。高貴な女性は声を張り上げるものではないと、アコニから散々指導されている。

「ああ……そうか、やっぱり。そうかなとは思っていたんだ」

納得したようにアヴェルスの頷くのが、地面に映った影でわかる。

「アヴェルス王子だったんですね。ここにいろいろ置いてくれたのは」

訊ねながら、恵那は先刻、アヴェルスが「あなたが書いたものでしょう?」と口にしたことを思い出し、戸惑っていた。

「あなたは私だと知ってたんですか、その、く、靴下を置いていったのが」

「勿論」

アヴェルスは当然のように、むしろ何を訊ねているのかと不思議そうにすら感じている様子で、また頷いた。

「ここを使うのは俺か、あなただけですから。——ご存じなかったんですか? あなたの侍女が、またここを王妃に開放するようにと告げに来たんですが。俺は朝の散歩と思索でここを使うから、午後ならば構わないと答えました」

そういえば、恵那がこの迷路でまた散歩をしたいと言った時、アコニは一度渋い顔で断ったはずだ。だが翌日には一転して許してくれた。あれは、アヴェルスに許可を取りに行っていたということなのか。

「あっ、あ……ああー……」

そして今さらになって、最初にアヴェルスとここで遭遇した時に彼がアコニに向けていた言葉を、恵那は思い出した。

『俺の庭ではない。が、母の愛した庭だということくらいは多少気に留めてもらえるとありがたいものだがな』

あの時は意味がわからなかったが、事情を知った今ならわかる。ここはヒンメル王妃が好んで使っていた庭なのだ。だからアヴェルスにとって、恵那がここにいることはまったく面白くないはずだ。

どうして今まで忘れていたのか、いや、そこに思い至らなかったのか。

「王妃？　どこか、具合でも？」

頭を抱える恵那に、アヴェルスが怪訝そうな声で訊ねてくる。

「……すみません……ここは、あなたのお母さんが好きだった庭なんですよね。私が図々しく居座って、さぞ気を悪くされただろうと……」

自分の無神経さが恥ずかしい。最初にここで遭遇した時、アヴェルスが自分を――『エナ王妃』を見るなり溜息をついたのは当然だ。

小さくなる恵那の前に、アヴェルスが少し進み出て、地面に膝をついた。

恵那は相手の態度に驚き、目を瞠る。

「こちらこそ、そのことを謝罪したかったんです。あの時、あなたの侍女に腹を立てて、何もご存じないらしいあなたにまで、当て付けがましいことを言ってしまった」

「え――」

「申し訳ない。あなたはただこの国の都合に巻き込まれて、生まれ育った故国《ここく》から力尽《ず》くで引き剝《は》がされてやってきた賓《まろうど》なのに」

片膝を地面につき、深く頭《こうべ》を垂《た》れるアヴェルスに、恵那はますます面喰らった。

「直接詫《わ》びるにも、あなたの侍女から、あなたに害を為《な》すつもりがないのであれば不用意に近づかないよう釘《くぎ》を刺されていた。あなたも俺を怖《おそ》れているようだから、軽軽《けいけい》にそばへ行かない方が互いのためかとも思ったんですが」

アヴェルスの態度は真摯《しんし》に見えた。これまでの恵那に対する刺々《とげとげ》しい態度が嘘のようだ。

「……あなたこそ……私を疎《うと》んでいるのだと思っていました」

恵那はベンチに置かれたストールに目を落としながら、呟くように言った。今日は薄グレー地に複雑な草の図案が刺繍《ししゅう》されたもの。初めから全部、自分のために用意されたものだったのだ。

二度目にここへ来た時、午前中から天気が悪かった。朝のうちに散歩に出かけたアヴェルスが、後から来るであろう恵那が寒がらないようにと、詫《わ》びも兼ねて置いていったのが始まりなのだろう。

「俺が疎んじているのはあなたではなく、何も知らないあなたを魔術で呼び寄せるようなやり口だ。一人の人間を、まるで子を生《な》すための道具のように扱うことが許せなかった」

それに怒りを感じていたせいで、恵那がこの世界に呼ばれた日、憎悪するような目をしていたのか。

（俺に向けたものじゃなかったんだ……）

自分の立場を脅《おびや》かす王子を産むために現れた恵那自身を嫌って、あんな態度を取っていたわけではなかったらしい。

他の人のようにアヴェルスの色も見えていたのなら、すぐにわかっただろうに。

「そんなことを求めた王宮の奴らも、それを許した王も、召喚の儀式を試せると密かにはしゃいでいた魔術師たちも、シエロ王后そっくりにあなたを仕立てようとする侍女も――止めるすべも持たない自分にも。すべてに反吐《へど》が出る」

アヴェルスはまたその怒りと嫌悪を思い出したかのように、低い声で吐き出した。だがすぐに、黙り込む恵那の態度で我に返った様子で、小さく首を振る。

「……申し訳ない。結局またあなたに八つ当たりのような態度を取ってしまいましたね」

「いえ……あの、よかったら、座りませんか。いつまでもそうしてられるのは、何というか」

地面に膝をついたままのアヴェルスを見かねて、恵那はベンチの隣を手で触れて示した。あまり正面からこちらを見られて、男だとばれるのも都合が悪いだろう。

アヴェルスは少し逡巡《しゅんじゅん》した後、頷くと、恵那の隣に腰を下ろした。ストールの分だけ間を空けて。

「俺の名で謝罪の手紙や贈り物を届ければ、侍女に勘繰《かんぐ》られる気がして、避けていました。それで代わりにここへ、渡そうと思っていたストールを置いておいたんですが――持ち主を探されていると聞いて、遠回しすぎたかと苦笑いしましたよ。メモのひとつも残せばよかったと」

「す、すみません。察しが悪くて」

あの時は本当に、誰かの忘れ物だと思い込んでいたのだ。アヴェルスが自分に宛てて残していったものだなんて、思いもしなかった。

「ストールの代わりに靴下が残されていたのを見た時は、何らかの暗号ではとこちらが勘繰りもしましたが。血に染まっているのを見て、苛酷《かこく》な教育を受けているのだろうと気づいてまた腹が立った」

恵那はまた頭を抱えたくなった。

「すみません、すみません、あのぅ、その時は靴下をそうそう脱いだり忘れたりするものじゃないっていうことを、知らなくて……」

赤くなった顔を伏せて言う恵那に、隣でアヴェルスが微《かす》かに笑う気配がする。

「そう何度も謝らないでください、あなたに非はない。あの薬は多少は効きましたか？　俺にはまるで効果がありませんが、治癒の魔術が籠《こ》められたものです」

「ああ――そういうものなんですね」

ただの塗り薬に見えていたが、あれにも魔術が使われていて、そして魔力を持たないというアヴェルスには意味のないものだったらしい。

「王宮付の魔術師が出入りしているのなら、あなたにも不要だったかもしれませんが」

「おかげさまで痛みが引いたし、足の疲れにも効きました」

「……そうですか」

頷くアヴェルスはどこか複雑そうだった。

「本当に、血が出るほどのことをさせるとは」

「肉刺《まめ》が潰れただけです、ダンスなんて、生まれてこの方したことがなかったから……」

答えながら、恵那はちらりとアヴェルスを見上げた。生け垣の方を見遣る顔の眉間《みけん》の皺《しわ》は深く、声音で感じるよりは表情が険《けわ》しかった。怒っているように見える。

「ストールも薬瓶もまた置き去りにされているのを見て、一瞬、頑《かたく》なに拒《こば》まれているのかと思いましたが――薬は少し使ってもらえたようだし、それに花が、なくなっていたので」

やはり表情の割に、声は優しい。

最初にここで会った時も、食堂で顔を合わせた時も、もしかしたら表情で感じたほど冷たい声をしていたわけではなかったのではと、恵那は気づいた。

「綺麗な花でした。ありがとうございます。部屋に持って帰って飾ってあります」

「そうか。あなたに似合いそうな花を探した甲斐《かい》もあった」

低く響く、深い声色だ。

「知らない場所で苛酷な運命を背負わされて、きっと辛い思いをしているだろうから、少しでも慰めになればいいと思っていたんです。――身勝手に呼びつけた挙句、見ず知らずの男の子供を産ませるような真似をするなど、この国はどうかしている」

アヴェルスの怒りは恵那に向けられたものではなかったどころか、恵那のためにも、アヴェルスは怒ってくれていたらしい。

(……まずい、泣きそうだ)

この世界に来てから、自分の意志も何もかも無視されて、勝手な要求ばかりをされていた。悪い夢の中にいるようなのに目が覚めても終わらず、かといって元の暮らしに未練がなさすぎてそこに戻りたいと強く思うこともできないまま、流されるままにお妃教育なんて受け続けていた。

憤《いきどお》るタイミングすら失《しっ》していた自分に代わって、アヴェルスが怒ってくれているような気がして、泣きたくなるほどそれが嬉しい。

実際、我慢できずに涙が浮かんでしまった。

「——王妃?」

「あ……すみません、大丈夫です。何だか初めてまともに自分自身を扱ってもらえた感じがしたから」

「……俺が王太子になれたのであれば、あなたをこんな目に遭《あ》わせる必要もなかっただろうに」

恵那が目許《めもと》を指で拭《ぬぐ》いつつ顔を上げると、アヴェルスの眉間にはさらに深い皺が刻まれていた。

やっぱり声音と表情が合っていないなと思いながらつい相手をみつめる恵那の態度を別の意

味に解釈したのか、アヴェルスが唇を歪《ゆが》めるように笑う。

「誤解しないでもらいたい。王位なんて欲しくもないと言ったのは誓って本心です」

そこを疑ったわけではないが、恵那は深く納得して、頷いた。

(なるほど……この人、あの時も本当に本音を言ってたんだ)

目が笑っていないアヴェルスの笑いは、あの時も今も一緒だ。

食堂での言葉を目を閉じて聞いていたのなら、また印象が変わったのかもしれない。

(何の色も読み取れないから、せめて表情で探れないかって思ってたのが、徒《あだ》になったんだ)

力に頼りすぎていた弊害《へいがい》なのだろうか。アヴェルスの前で怯えた態度ばかり取っていたであろう自分が、申し訳なく思えてくる。

「ああ……そろそろ行かなくては、あなたの侍女が怪しむ頃ですね」

名残惜《なごりお》しそうに聞こえる声で、アヴェルスが言う。表情とはちっとも釣り合っていなかった。

「俺も、午後の訓練に行かなければ」

ベンチから腰を浮かせるアヴェルスを、恵那は見上げた。

「あの、ストールと薬、花も、本当にありがとうございました」

「今度はハンカチを用意しましょう。王の奥方に直接触れるのは不敬でしょうから」

そう言って微笑んだアヴェルスの表情が、初めて声と同じく優しいものに見えたのに、恵那はなぜか少しだけ胸が痛み、そんな自分が不思議だった。

無意識に胸のペンダントの石に触れていると、アヴェルスがそこに目を留めた。

「そのペンダントは――」

「え？」

「……いえ。『王妃』が身につけるにしては、いささか無骨《ぶこつ》だなと」

サージュが用意したというペンダントの石は、金色の細い針金のようなものが無造作《むぞうさ》に巻きつけられていて、たしかに装飾品というにしては少々野暮《やぼ》ったい。見栄えよりも効果の方を優先したのかもしれない。

（って、説明するわけにもいかないし）

これのおかげで女性に見えているはずなのだ。恵那はじっと石を見ているアヴェルスに冷や冷やした。

「い、石の色が綺麗なので、気に入っています」

そう言って誤魔化してみた。

「そうですか。余計なことを言いました。それではこれで」

アヴェルスは恵那に向けて一礼すると、そのまま立ち去ろうとする。

「あの、明日も、この時間に散歩に来ます」

恵那は咄嗟《とっさ》にアヴェルスに向け、彼もすでに承知しているであろうことを告げた。

アヴェルスが振り返って、小さく頷いた。

「ではまた明日」

その答えでなぜこんなに胸が染み入るような喜びを覚えたのか、恵那自身、まだわからなかった。

6

翌日の昼過ぎも、恵那《えな》はどこか待ちきれない思いで迷路のベンチに向かった。

まだ誰の姿もなく、座ってそわそわ待っていると、少ししてアヴェルスが姿を見せたのでつい顔が綻《ほころ》ぶ。

「王妃様におかれては、ご機嫌麗《うるわ》しく」

だが目の前までやってきてやや芝居がかって一礼するアヴェルスに、今度は苦笑を浮かべてしまった。

「できれば、『王妃様』というのをやめてもらえませんか、ここにいる間だけでも」

「――そうか、失礼。望まぬ立場でしたね」

アヴェルスの表情が曇《くも》る。相手に気を遣わせたいわけではなかったので、恵那は慌てた。

「というか、そう恭《うやうや》しくしてもらわなくても大丈夫かなって。ええと、親子なわけでしょう?」

取り繕《とつくろ》うように言った自分の言葉に、それはそれで違和感を覚える。目の前にいる自分と同年代の男が自分の息子だということに。

「一夫多妻が許されている王族では、実の母以外にはあくまで王妃として接することになっています」

以前も、アヴェルスはそう言っていたが。

「でも自分のことを息子と言ったり、私を義母上《ははうえ》と呼んだりもしていましたよ」

今度はアヴェルスが苦笑する番だった。

「言葉の綾というか、詭弁《きべん》というやつです。都合よく自分の立場を振り翳《かざ》すための。——では、『エナ様』と？」

「実はそれ、名前じゃなくて、姓なんです」

恵那が自分の隣を示しながら言うと、アヴェルスは恵那に向けて一礼してから、また少し離れた隣に腰を下ろした。

「発音も違ってて……みなさんエナのエにアクセントを置いてるけど、ナの方なんですよね」

些細《ささい》なことだが、そのせいでどことなく自分ではない人が呼ばれている気がしていた。

「本当の名前は、何とおっしゃるんですか」

アヴェルスに訊ねられ、恵那は少し答えを躊躇《ちゅうちょ》した。悠一郎《ゆういちろう》は日本語であれば明らかに男性名だ。自分がそれを口にすれば、アヴェルスにもそういうふうに伝わってしまうかもしれない。

「……悠、です。ユウ」

迷った挙句、恵那は名前の一部だけを教えることにした。足許《あしもと》に枯れた枝が落ちていることに気づいてそれを拾い、地面に漢字で『悠』と書き付ける。

「こういう字を書きます」

「複雑だな。絵のようだ」

アヴェルスも恵那の足許に目を落とし、感心したように呟いた。

「どういう意味を持つ名なのだろう」

「うーん、ゆるやかとか……ずっと遠くまで続くとか、そういう意味ですかね」

「成程。ユウ」

覚え込むようにアヴェルスの口の中で呟かれた自分の名に、恵那の胸の奥で何かじわりと温かくなるような感触が生まれた。

「では、ユウ様」

「様はいらないです。名前は——今さらエナじゃないって言えば混乱しそうだから、アヴェルス王子にだけしか言わないので」

「俺とあなただけの秘密ということか。わかりました、人がいるところでは変わらずエナ様とお呼びしましょう」

笑いを含んだ声音を聞いて、その表情を見てみたいと顔を上げてみたが、恵那の目に映るのは難しそうな顔をした相手の姿だった。相変わらず目が笑っていない。

「何か?」

ついまじまじ相手を見てしまったら、アヴェルスが怪訝《けげん》そうに恵那を見返した。真《ま》っ向《こう》から目が合って、恵那は咄嗟《とっさ》に顔を伏せる。

「いえ……王子はあまり内心が顔に出ない人なんだな、と」

「ああ」

苦笑交じりのアヴェルスの声。

「そうですね。何をどう告げても、どんな態度でいても、勘繰られて悪いように取られてばかりの人生ですから。素直に振る舞うのが馬鹿馬鹿しいと思えるようになってしまった」

「……そう、ですか……」

迂闊《うかつ》に相槌《あいづち》が打ちがたく、恵那はただ俯《うつむ》きがちに頷きを返した。

やはり王位に興味がない、むしろ『真《ま》っ平御免《ぴらごめん》』と吐き捨てたくなるほど嫌悪していることが本心であるのに、周囲はそれを信じずにいるのだろう。

「王宮にいる者たちにどう思われようが構わない。まあ部下にまでそう思われているのは些《いささ》か辛いですが、剣技《けんぎ》で黙らせることができる稼業《かぎょう》ですからね」

「陛下の軍……に、いらっしゃるんですよね」

あれから本で調べたり、アコニに聞いて、少しだけ知識を得た。

いつも恵那の部屋の周辺や城館内で警護をしている近衛兵《このえへい》は、直接リュジス王を守るための精鋭だ。家柄もかなりよく、貴族が多いらしい。

アヴェルスのいる国王軍というのは、最高指揮官をリュジスとして、他国からの侵略《しんりゃく》があった場合、もしくは国内で深刻な紛争が起こった場合に鎮圧《ちんあつ》するために用意されたもの。こちらも各部隊の指揮官は上級の貴族で、大抵は士官学校を経《へ》て任官する公務員ということのようだった。

そしてアヴェルスは相当の人数を動かすことが可能な、重要な地位にいる。

「国政《こくせい》には関わらず騎士になると主張したことですら、最初は散々《さんざん》反対されました。俺が軍を率《ひき》いて簒奪《さんだつ》でもすることを危惧《きぐ》したんでしょうね。俺の下にいる士官は挙《こぞ》って、陛下に忠誠を誓う家の者ばかりです」

それはかなり、想像するだに、やり辛そうだ。

「幸い頑丈《がんじょう》さと剣の腕には恵まれたので、その部分でだけは一目置《いちもく》かれています。そのせいでさらに要《い》らぬ猜疑《さいぎ》を招くこともあるうえに、魔術がからっきしなもので、魔術師たちには随分軽《かろ》んじられていますが」

「……大変なんですね」

うまく労《ねぎら》う言葉も浮かばず、月並みなことしか言えない自分が、恵那にはもどかしい。

「もう慣れました。いや、侮《あなど》られることがいちいち癪《しゃく》なので、横柄《おうへい》な態度を取って余計に煙たがられますが、そのことに慣れました」

この世界に来て初めてアヴェルスと遭遇した時、たしかにかなり強い態度に出ていた覚えがある。

何も知らない『異界からの賓《まろうど》』を国の都合に巻き込むことに対する怒りと、元々そんな態度を取り続けていたせいで、ああなってしまったということだろう。

「最初にこの庭で会った時ばかりでなく、俺の振る舞いを不快に感じたのなら、申し訳ない」

アヴェルスもその時のことを思い出しているのだろう、昨日に引き続き謝られてしまった。

「いえ……本当のことがわかって、嬉しかったです。私のことで怒ってくれていたのも」

恵那の本音だ。

「ここへ来て、わけのわからないことばかりで。自分のことなのに全部自分以外の人に決められて、嫌がっても聞き入れてもらえなくて、言葉は通じるのに通じてないみたいで……駄々《だだ》を捏《こ》ねる自分の方が聞き分けがないのかもって不安にもなって、でも、王子が怒ってくれたから」

小さく、恵那は口許を緩《ゆる》めた。

「やっぱり怒ってよかったんだってわかって、すごくほっとしました。変な話かもしれないけど、ずっと悪い夢を見てる気分で、いつか覚めるはずということに諦めがつかなかったのが、急に現実なんだなって思えた」

「……それはあなたにとって、よいことなのだろうか」

心配するようなアヴェルスの声の方に意識を向ければ、眉間《みけん》に強い皺《しわ》のよる表情が、怒っているわけではなく声音の通り懸念《けねん》しているものだとわかるようになってくる。

「わかりません。でも、わけもわからないまま自分の運命が決められるよりも、覚悟を持てた方が少ししましな気がします」

これも、本音だった。

流されるままここまで来てしまったが、もう少し、真剣に今の状況について考えられるようになるかもしれない。

「自分の生まれた世界で、私はずっと異端だったんです。他の人と違うことを悟《さと》られないようにと必死になって生きてた。でもここでなら、私だからこそできることもあるんだって、そういうふうに考えることも」

できる、と言い切ることができずに、少し声が震えてしまった。

やっぱり王妃になれだの子を産めだの言われるのは理不尽に思えるし、何より怖い。

（覚悟なんて全然持てない）

手まで震えそうになって、膝の上でぎゅっと拳《こぶし》を握りしめた。

その拳にふと温かいものが触れる。宥《なだ》めるような、元気づけるような仕種で拳を上から押さえられる。

触れられれば男の手であることがわかってしまうかもしれないのに、恵那は振り払うことよりも、そのままじっとしている方を選んでしまった。

「俺はただ怒りを撒《ま》き散《ち》らすばかりで、あなたをその立場から救う手立ても思いつかないことを許してほしい」

アヴェルスはまた怒った顔をしている。これは多分、自分自身に対する怒りなのだろうと、恵那にもわかるようになった。

（色を見る力なんてなくても、ちゃんとわかる）

そのことが少し嬉しい。

「話を聞いてくれる人がいるだけで随分救われます。……あの、よかったらですけど、これからもこうやって会えませんか」

口に出して言ってみてから、何だか変な口説《くど》き文句みたいだなと、恵那は途端に気恥ずかしくなった。

「勿論」

だがすぐにアヴェルスが返事をくれたので、それ以上照れ臭くならずにすむ。

「何かご不便はありませんか。あなたの侍女はあなたを王妃として仕立て上げるのに夢中でしょうから、必要なものがあったらできる限り融通《ゆうずう》しますよ」

「必要なもの……」

ヒールではないとはいえ細身の靴でずっと足が痛むから、スニーカー。スカートがスースーしすぎていつも不安だから、穿《は》きやすいズボン。絹じゃない靴下。知りたいことがすぐに調べられるスマートフォン。会社帰りのちょっとした楽しみだった魚介《ぎょかい》スープのラーメン。基本的には自炊派で、単身者用の小さなキッチンながら、そこで料理をする時間が結構好きだった。

どれもアヴェルスに頼んだところで手に入りようのないものばかりではあったが。

（家に戻りたいとは、それでもやっぱり思わないんだな、俺は）

驚くほど元の世界に未練がない。それよりもむしろ、こんなふうに話ができる相手ができた現状の方が嬉しいとは。

（王子にもいろいろ言ってないことはあるけど……）

どこまでを明かしていいものなのか、恵那には判断がつかない。男であることは外に漏らしてはいけないと言われているが、アヴェルスは『外』なのか。少なくともアコニにとっては確実に『外』側だということはわかるが。

（力のことは……）

魔術が当たり前のこの世界であっても、たとえアヴェルス自身の感情を読み取ることはできないにしても、そんな力がこの世界ですら一般的でないことを考えれば、伝えるのはやはり怖い。

（このうえアヴェルス王子にまで、遠巻きにされたら）

結局元の世界にいた頃と何も変わらなくなってしまう。

「ユウ？」

つい自分の考えに耽《ふけ》ってしまった恵那は、先刻教えたばかりの名を呼ばれながら顔を覗き込まれて驚いた。間近にあるアヴェルスの顔に、やたらどぎまぎしてしまう。

「す、すみません、自分が何が欲しいのか、ちょっと考え込んでしまって……」

「何でも。……自由ばかりは差し上げられませんが」

申し訳なさそうな、悔しげな声だった。相変わらず表情には現れていないが、その顔を見て、恵那は顔を綻《ほころ》ばせる。

「そう言ってもらえるだけで充分です」

「……」

今度は少し、アヴェルスの方が考え込む表情になった。それから再び口を開く。

「明日──少し暖かい格好でいらしてください」

「え？　はい」

小さく頷いて、アヴェルスが立ち上がる。そろそろ戻らなくてはならない時間なのだろう。恵那は何だか無性に寂しい心地になった。

「それでは、今日はこの辺りで」

「……はい」

恵那も腰を浮かせようとするのを片手で制し、胸に手を当て一礼してから、アヴェルスが去って行く。

(明日、また会えるんだし)

恵那は物足りないような寂しさを宥《なだ》めるため、自分に言い聞かせた。アヴェルスの姿が完全に視界から消えてしまうまで見送ってから、空を見上げた。

（……暖かい格好でって、明日天気でも悪くなるのか？）

この世界にも天気予報ってあるのかな、とどうでもいいようなことを考えながら、恵那はベンチの背もたれに体を預けた。

◇◇◇

翌日の午後、アヴェルスに言われたとおり、いつもより一枚羽織《はお》り物を増やしてもらってから外に出た。

「それほど肌寒い感じもいたしませんけれど」

いつものように城館の外までついてきたアコニが、晴れ渡った空を見上げて怪訝そうに言う。

「もし雨でも降るようでしたら早目にお帰りくださいませね、ここのところ随分長くお外にいらっしゃるようですが――」

アコニの体から猜疑心を表す色がわずかながらに出てきて、恵那は内心ぎくりとした。アヴェルスと会っていることは多分誰にも知られていないはずだが、彼女は何か察しているのか。

ひとまず聞こえなかったふりで誤魔化《ごまか》そうとしていた恵那は、庭の迷路に向かう途中、どこからか聞き慣れない音が近づいてくることに気づいて足を止めた。

（蹄《ひづめ》の音……？）

元いた場所の日常生活ではまず耳にすることもない音だ。

「エナ様！」

アコニが慌てたように恵那の腕を引いた時には、目の前に馬の体があった。

（で、でかい）

磨《みが》き上げた黒曜石《こくようせき》のように光沢《こうたく》がある漆黒《しっこく》の、立派すぎる馬だ。見上げると、鞍《くら》の上にはアヴェルスの姿がある。その後ろにも二頭男性を乗せた馬が続き、恵那の知る大型犬よりもさらに大きな黒犬も二匹、馬の間で大人しく座っていた。

「馬上より失礼。王妃はお散歩の時間かな」

まったく笑っていない目で恵那を見下ろしながらアヴェルスが言い、アコニが蒼白になって彼の馬と恵那の間に割って入るように立ちはだかった。

「ごっ、ご無礼ですよ殿下！　いくら殿下でも、ここに馬で乗りつけるなど……」

「非番《ひばん》の暇潰《ひまつぶ》しに狩りへ出かけるところだったが、偶然王妃のお姿が目に入ったもので。よろしければご一緒にいかがですか」

「とんでもない！」

悲鳴のように答えるアコニの声が、恵那の耳にはほとんど入って来ない。差し出されるアヴェルスの手ばかり見てしまう。

「王妃様を連れ出して、何をなさろうと言うんです！」

「だから、狩りだ。噂ではお披露目《ひろめ》に向けての猛勉強で、王妃がひどくお疲れだと聞く。たまには気晴らしが必要では？」

「ですから、とんでもございません！」

「俺は王妃に伺っている」

冷ややかなのは表情ばかりではなく、アコニに向ける声もだ。

恵那は彼女に少し申し訳なく思いながらも、ふらりと吸い寄せられるようにアヴェルスの方へ近づいた。

「エナ様！」

「前に、少しは自分の時間を取っても構わないと言いましたよね」

懇願《こんがん》するようなアコニの方は振り返らずに言いながら、アヴェルスの手を取る。

「ですが、城館より外へ出てはいけないと」

「向かうのは裏の狩り場だ。王も不在の今、俺と俺の許した従僕《じゅうぼく》以外に入る者もいない、どこよりも安全な場所だが？」

恵那とアコニのやり取りに、アヴェルスが割って入った。

「王妃のご無事は国王軍の騎士の名誉において保証する。――安心しろ、お目付役もいる」

アヴェルスが振り返る方を、恵那も釣られて見遣《みや》った。ローブ姿の若い男が黄褐色《きかっしょく》の馬に跨《また》がっている。

「王妃のことは私が間違いなくお守りいたしますよ、アコニ殿」

糸のように細い目の青年が微笑《ほほえ》むと、アコニが少しだけ勢いを失くす。その隙にというように、アヴェルスが恵那の腕を引っ張った。

「うわっ」

そのまま腰を抱えられ、軽々と体を持ち上げられて、気づいた時には馬上だった。アヴェルスの前に横座りにさせられている。アヴェルスはすぐに馬を歩かせはじめた。

「必ず、必ずご無事でお返ししてくださいませ、グレイ様！」

速度は常歩《なみあし》といったところだったが、アコニの声があっという間に遠ざかる。

馬の背は思いのほか高くて、なかなか怖い。だがアヴェルスの腕にがっちりと支えられ、恵那の体は安定していた。

（って、こんな触られたら、男だってバレる――）

そうは思うが、身動《みじろ》ぐのも怖ろしくて、恵那は結局アヴェルスの腕にむしろ縋《すが》るような格好になってしまう。

「乗馬は慣れませんか」

「そ、そうですね、初めてです」

「怖がらずに身を預けてください。絶対に落としたりしませんから」

あまり強く摑まっていると、手綱《たづな》を取る手の邪魔になるだろう。そう気づいて、恵那はアヴェルスに促《うなが》されるまま相手の体にそっと寄りかかった。

(厚手の上着を足してもらったけど、大丈夫か……)

サージュの魔術は、触れてしまっても解《と》けずにいてくれるのだろうか。

「王妃。──あまり速く馬を進ませては、お体に障《さわ》るだろうか」

アヴェルスの低い声が間近で聞こえる。少し固い響きに、内心首を捻《ひね》ってから、恵那は相手が言わんとすることを察して、カッと胸の灼《や》けるような心地を味わった。

(妊娠してるかどうか、訊かれてる)

今すぐに、リュジスとはまだ体の関係がないことを釈明したくなる。アコニに「清い体のままでは」と問われた時よりも、はるかに、猛烈に恥ずかしく、居たたまれない心地になった。

だが『閨《ねや》のことは夫婦の秘密』だ。

「……いえ、サージュさんから、そういう兆《きざ》しはないと聞いているので」

恵那は消え入りそうな声でそれだけ答えた。

「──よかった」

息を吐くように呟いたアヴェルスの声がそう言った気がして、恵那は頭上を見上げる。見えるのはアヴェルスの顎《あご》ばかりだった。

「あの、今、何て」

「お気になさらず。少し馬の足を速めます」

「わわっ」

アヴェルスが軽く馬の横腹を蹴《け》る。馬の速度が上がり、穏やかだった鞍の上が強く揺れた。

「しっかり摑まって。舌を嚙まないよう気をつけて」

言われるまま、恵那はアヴェルスの胴《どう》にしがみついた。細身に見えた体だが、腕を回すと、思った以上にがっしりと筋肉質だ。運動と無縁で暮らしていた自分の貧相な体が情けなくなってくるほどだった。

アヴェルスは城館の脇を回り、裏手の方へと馬を走らせた。衛兵《えいへい》たちがアヴェルスに気づいて立ち止まり、胸に腕を当てる姿勢で敬礼している。

木立《こだち》の立ち並ぶ石畳《いしだたみ》の道を抜けしばらくすると、さらに木々が深くなり、やがてまた別の衛兵の立つ門が現れた。門はすでに開いている。アヴェルスがそれを駆け抜け、二頭の馬の蹄の音も後に続く。犬たちも元気よくついてきているようだ。

そこからさらに走り続けるうち、深い森へと景色が移り変わっていった。

「うわぁ……」

葉の色は鮮《あざ》やかで、木立を抜ける陽射しが明るく、葉に反射してきらきらと光を返している。それがまたたく間に背後へと流れる速さで馬が進み、恵那はひどく感動した。馬に乗るのなんて初めてだ。しかもこんな、風を切るような速度で駆けるのは、何て気持ちがいいのだろう。暖かい格好で来るように言ったアヴェルスの言葉の意味がわかる。この速さで馬に乗っていれば風を冷たく感じるのだ。

しばらく馬を走らせたあと、少し平野の拓《ひら》けたところでアヴェルスがその速度をゆるめた。

「さて、王妃は鹿《しか》と兎《うさぎ》なら、どちらをご所望《しょもう》でしょう」

従者らしき男たち二人がいるからだろう、アヴェルスの呼び方が今日はまた『王妃』になってしまっているので、恵那は内心少しがっかりしていた。

「どちらも……すみません、せっかく狩りに連れ出してくれたようなんですけど、私がいたところではあまりそういう風習がないもので……」

目の前で生き物が殺される場面は見たくない。まだそういうところに遭遇したことはなかったが、動物たちからも微弱《びじゃく》に感情の色を感じ取れることもあるから、死に際《ぎわ》の様子でこちらまでダメージを受けてしまいそうだ。

「そうか、では、のんびりと散策でも楽しむことにしよう」

アヴェルスは身軽に馬を下りてから、恵那の方に手を差し出した。恵那はまたアヴェルスに腰を支えられ、軽々と地面に下ろされる。アヴェルスは慣れた仕種で手近な木に馬の手綱を括《くく》りつけた。

「ここを少し歩くと、小川に出る。歩けますか？」

当たり前の仕種で再び手を差し出され、恵那は少し迷ってから、その手を取った。これまでの人生、誰かの手を借りて歩くだなんてことをした覚えはないが、お妃教育で『淑女《しゅくじょ》はそうあるべし』と教え込まれている。

（で、でも何か、恥ずかしいよなあ）

アコニの教えを思い出しながら、そっとアヴェルスの腕にも掴まった。道らしき道はなく、葉が腐《くさ》って柔らかくなった土や、そこに混じる小石に足を取られないよう気をつけながら歩く。

「後ろの二人は、従者の方ですか？」

グレイと呼ばれた青年ともう一人の男も馬から下り、恵那たちの少し後ろを犬を連れ歩いている。

「ええ、片方は部下ですが。魔術部隊を纏《まと》め上げている者で、あなたの侍女と縁戚の上位貴族です」

「ああ……」

グレイと呼ばれていた青年の方だ。それで城を出る前の、アコニとのやり取りらしい。以前アヴェルスが言っていた、『陛下に忠誠を誓う家の者』ということなのだろう。

「ということは、アコニさんも貴族だったのか……」

「王妃の侍女につけるなら、それなりの身分が必要ですからね」

「……シエロ王后《おうこう》の侍女でもあったとは聞いていたんですけど」

「侍女というか、信奉者《しんぽうしゃ》というか」

「よほど綺麗で優しい方だったんでしょうね」

「ええ。俺も彼女にだけはケチのつけようがない。彼女こそ俺を煙たがってもよかったはずなのに、最期《さいご》まで我が子のように接してくださいました」

アヴェルスの言葉に、恵那は少し驚いた。正妃であるシエロが他の王妃の子、しかも自分が最後まで得ることのできなかった王子を相手にそんな態度でいたということ——そして彼女のことを語る時のアヴェルスの声音が、限りなく優しい響きを持っていたことに対して。

「陛下が寵愛《ちょうあい》したのも、周りの者たちが彼女に傾倒《けいとう》したのもわかります。完璧な淑女で、誰より王后に相応《ふさわ》しかった」

何とも答えがたく、恵那は黙り込む。相変わらずアヴェルスからは何の色も見えないが、もし見えるとしたのなら、それは哀惜《あいせき》だろうか。悔しさだろうか。

(……で、何で俺はこんなに胸が痛いんだ)

自分で自分の色を見ることはできない。今まで感じたことのない類《たぐい》の胸の痛みを感じて、恵那は訝《いぶか》しい気分になる。

「——申し訳ない。あまり、他の王妃の話などすべきではなかった」

口を噤《つぐ》んでしまった恵那の心情をどういう方向にか慮《おもんぱか》ったように、アヴェルスが言う。恵那は慌てて首を振った。

「こちらこそ、すみません、転ばないようするのに気を取られて……」

「ここから、少し道が悪いですね。——失礼」

「ぎ」

変な声を上げそうになるのを、恵那はぎりぎりで堪《こら》えた。アヴェルスが前触れなく恵那の体を抱き上げたからだ。

「あのっ、重いので！　下ろしてください、大丈夫ですから！」

「地面がぬかるんでいるので、靴と服が汚れます。あなたに泥染《どろじ》みなどつけて帰したら、侍女殿にまた厳しく問い詰められてしまう」

そうは言われても、恵那は女性にしてみたら重たすぎるはずだ。馬で相手に凭《もた》れていた時よりも、さらに体の造りが伝わりやすくもなってしまう気もする。

（サージュさんの魔法、どこまで効果あるんだ……!?）

暴れ回って飛び下りたい気分だったが、あまり力強さを発揮《はっき》するのもまずい気がする。顔から火が出そうな思いで、恵那はアヴェルスの腕の中でひたすら縮こまった。

「そう怯《おび》えないでください。まだ俺が怖いですか」

身を固くする恵那が、自分を警戒しているると思っているのだろうか。苦笑い気味に言うアヴェルスに、そんな誤解を与えたくない。

「そ、そ、そういう、わけでは、ないですけどっ」

だから否定するつもりが、妙に声は上擦るし、震えるしで、むしろ怪しい態度になってしまう。

（何なんだ、落ち着け、落ち着け）

「小川に着いたら下ろしますよ。微量ですが魔力が流れているせいで、あなたの足の疲れにも効くかもしれません」

動揺する恵那とは対照的に、アヴェルスは悠然《ゆうぜん》とした態度だ。何だか少し悔しい。

（……慣れてるのか？　こういうの）

そう考えてしまったら、ギリッと、また胸の奥が痛くなる。他のご令嬢《れいじょう》ともこんなふうに狩りに連れ立ってきて、馬に乗せたり、抱き上げて歩いたり、しているのだろうか。

（って、何だ、この思考は）

だったらどうしたというのか。アヴェルスもいい大人、それも複雑な事情を持つとはいえ王の息子であり、騎士としても相当の地位にいるらしいのだから、引く手数多《あまた》であっても不思議はない。アヴェルスの方から誰かを誘ったりもしているかもしれない。

（待て、止まれ俺）

思考が勝手に加速する。こんなの初めてだ。

「あの、王子、やっぱり下ろして……」

懇願するように、恵那が言いかけた時。

「――グレイ！」

唐突にアヴェルスが声を上げ、立ち止まった。ほぼ同時に、キンと高い金属音のようなものが恵那の鼓膜《こまく》を短く叩く。思わず身を竦《すく》めて耳を押さえた瞬間、視界がぶわっと虹色に曇《くも》った。

「な、何⁉」

「王妃を頼んだぞ」

丁寧な、だが素早い仕種で地面に下ろされた。何が起きたのかわからず混乱する間に、アヴェルスが腰に佩《は》いていた剣を抜き出し、その場を駆け出した。

「了解です」

気づけばグレイが恵那の背後にいて、片手を前に突き出している。

(何だこれ?)

その手の先で、透明な虹色の硝子戸《ガラスど》のようなものがいくつも地面から突き立っていた。

「しばらく動かないでください、王妃。防御魔術を展開しているので」

グレイの言葉を掻《か》き消すように、後ろから犬たちが激しく吠《ほ》え立てている。アヴェルスの従者が、必死になってそれを抑《おさ》えていた。

「静かにしろおまえたち、殿下の気が散る!」

アヴェルスはすでに数十メートル離れた向こうにいる。その頭上を、黒い影が覆《おお》った。

「――王子!」

恵那は思わず声を上げた。影は鳥だった。それも、恵那がこれまで見たこともないほど巨大な鳥だ。全身が影のように黒く、翼を広げるとおそらく五メートルはあろうという信じがたいサイズだった。遠目にも、鋭い鉤爪《かぎづめ》と怖《おそ》ろしく尖《とが》った嘴《くちばし》を持っているのがわかる。怪鳥《かいちょう》としか言いようのない生き物は、猛烈な勢いでアヴェルスの頭目がけて急降下したかと思うと、再び空に舞い上がった。その羽ばたきのせいで、周囲の木々がたわむほど強烈な風が吹いている。

アヴェルスは頭を抉《えぐ》ろうとしていた怪鳥の爪を剣で防ぎ、再び自分を狙って下りてくる相手に向け剣を構え直した。

（危ない――）

「大丈夫ですよ、すぐに片が付きますから」

悲鳴を上げそうになる恵那の背後で、グレイののんびりした声がした。

アヴェルスはまるで慌てる様子も怯《ひる》む気配も感じさせない動きで、両手に持った剣を下から掬《すく》い上げるように振り上げた。

耳を劈《つんざ》くような、聞き難《がた》い叫びが辺り中に響き渡る。アヴェルスの剣が一閃《いっせん》し、怪鳥は首と胴体を両断され、重たい動きで地面に落下した。

あまりに一瞬のことで、恵那はぽかんと口を開けてしまった。そのすぐ横を、従者と犬二匹が走り抜ける。

「普通、あのサイズなら四、五人で何時間もかけて、弓と魔術で追い込んでやっと狩るんです。滅多《めった》に現れないから備えのないことも多くて、怪我をするのは必然っていうくらいで」

グレイが軽く手を振ると、虹色の硝子が音もなくバラバラと砂のように崩れ落ちる。

鳥から怒りと苦しみの色が湧き上がったのも一瞬で、どうやら断末魔の色に当てられずにすんだらしく、恵那は大きく息を吐き出した。

「でたらめな強さですよ。防御壁なんて張り損だったな」

恵那の隣に並びながらグレイが言った。

「……すごいんですね、アヴェルス王子は」

「はい、すごいです」

頷くグレイはどこか自慢げだ。その体からは、アヴェルスに向けて敬意と憧《あこが》れを示す色が浮かび上がっている。

「グレイさんは――アヴェルス王子を慕《した》っていらっしゃるんですか」

恵那が訊ねたら、グレイの色に少し、照れのような感情が交じった。

「直球でお聞きになりますね。でも、ええ、はい。あの強さに憧れない騎士はいません。私は魔術師ですが、殿下の強さのおかげで失わずにすんだ仲間が多いこと、治癒に魔力を割《さ》かずにすむことにいつも感謝していますし」

魔術師たちから、魔力がないことで軽《かろ》んじられているとアヴェルスは言っていた。それにグレイはアコニの縁戚だとも。

（でも非番の日に一緒に狩りに連れてくるくらいだから、王子とはそれなりにうまくやってるのか……？）

アヴェルスと従者は、どうやらその場で怪鳥の解体を始めているらしい。恵那はあまりまじまじ目を凝《こ》らさないよう、薄目でそちらを眺めた。

「大きな声では言えませんが、王宮付の魔術師に伝手《つて》があって、『異界からの賓《まろうど》』を呼び出す儀式を行うことを、私はあらかじめ知っていたんです。それをお伝えした時から、殿下はかなりご立腹《りっぷく》で」

グレイから知らされていたから、恵那がこの世界に来た直後、アヴェルスも姿を見せたということらしい。サージュがそれを見て驚いていたのは、本来ならば儀式についてはアヴェルスには報《しら》せる予定がなかったからなのかもしれない。

「あなたのことは随分とご心配なさっていました。他人をこうも気に懸《か》けるのは珍しいというか、初めてだから、私も驚きましたけど」

「そう……なんですね」

アヴェルスが自分を気に懸けてくれたということ、それが初めてだということに、恵那は何だか胸が高鳴った。

嬉しい、のかもしれない。

「今日ここまでの様子を見て、さらに驚きました。殿下はあまり内心を顔に出される方じゃない、長年いろいろあって、ご自分のお気持ちを内側に閉じ込めるようなところがありましたから。けど、あなたに向けてはやけに優しい表情をなさっていて」

恵那はますますうるさくなる心臓をそっと服の上から押さえた。ずっと以前からアヴェルスを知っている人も、自分に対しては優しいと感じているらしい。

「私はそもそも殿下の監視役のようなことを周りに命じられて麾下《きか》に入った者なので、情報の横流しなどしているおかげで殿下にはある程度の信頼はしていただけても、心を許してもらえることもないでしょうから――あなたがいらしてくださってよかったです、エナ様」

「い、いいえ、私は何も」

どんどん胸と顔が熱くなって、恵那は慌てた。こんな気持ちになるのはきっと変だ。グレイにも、おかしな反応だと思われてしまうかもしれない。

「このまま無事お世継ぎを儲《もう》けていただければ、王太子にはなりたくないという殿下の積年《せきねん》のお悩みも解けるでしょうから」

「――」

だが続いたグレイの言葉に、恵那は一気に冷や水を浴びせられたかのような感覚を味わう。

「我々アヴェルス王子配下の魔術部隊でも、心から、王妃のご健勝《けんしょう》を祈願《きがん》いたします」

改まった態度で恭《うやうや》しく頭を下げるグレイを、恵那は言葉を失いながらみつめた。

(そうだ。俺は、リュジス王の子供を産まなきゃならないんだった)

王が不在のここ数日、アヴェルスといることが楽しくて、嬉しくて、頭からすっぽ抜けていた。

（そうだよ。アヴェルス王子は、王の息子で……一番、好きになったらまずい相手じゃないか）

好きになったら――という言葉が自然と頭に浮かんで、それで、恵那は絶望的な心地になった。

生まれて初めて、そんな気持ちを感じた相手なのに。

恋をしてしまったかもしれないと気づいた時には、それが決して叶うことがない存在だと確定しているだなんて。

（冷静になれ、好きだなんだって、アヴェルス王子は男だろ）

男が恋愛対象だった覚えがない。

だが、女性に恋したこともない。

（王様に押し倒されたって、怖いばっかりだったのに）

リュジスの胸で眠った時の安心感と、アヴェルスの腕に抱かれた時の気持ちは、まるで違った。

あまりに違いすぎて、それが恋だと、疑うこともできずに理解してしまう。

（よりによって、どうして）

呆然と立ち尽くす恵那の方に、アヴェルスが戻ってくる。従者と犬はまだ、鳥の落ちている場所に残っていた。

「馬では無理だな。荷車で運ばせよう」

アヴェルスが言って、グレイが頷いた。

「手配いたしますね」

「頼む。——王妃？　どうしましたか、顔色が……」

アヴェルスがグレイの隣に立つ恵那を見て顔を曇らせてから、はっとしたように目を瞠《みは》った。

「グレイ、血を落としてくれ」

「ああ、はい」

恵那の顔色が悪いのが、怪鳥を斬《き》り倒した上に解体までして、その体液で汚れた自分を見たせいだと思ったのだろう。アヴェルスの言葉にグレイが軽く頷いて、恵那の力でも翻訳《ほんやく》しようのない不思議な言葉を紡《つむ》ぐと、見る見るうちにアヴェルスの服についた汚れが薄れていく。

「こんなもので大丈夫ですかね。では私は、荷車と人手を頼んできます」

グレイがそう言って、馬を繋いだ方へと戻っていく。

「見苦しいものをお見せした。狩りは苦手なようなのに、申し訳ない」

「……いえ……」

「まだ真っ青だ。お嫌でなければ、また手をお貸ししても？」

血の汚れの取れた手を、アヴェルスが恵那の方へと差し出す。

その手を取るかどうか迷うことすらできず、恵那はすぐにアヴェルスの指に触れた。

「小川に向かいましょう、清水を呑めば、少し気分がよくなるかもしれない」

優しい声で言うアヴェルスの言葉を聞きながら、恵那は何だかもう、泣き出したい気分だった。

7

気分が悪いと言う恵那《えな》の様子に、アヴェルスは自分が怪鳥《かいちょう》を殺すところを見せたせいだと思ったらしく、申し訳なさそうな顔をさせてしまった。

ひどく胸が痛んだが取り繕《つくろ》う余力もなく、恵那は散策を切り上げ、アヴェルスの馬で王城まで戻ってきた。

見るからに消耗《しょうもう》していたのか、アコニもうるさいことを言わず、ベッドに潜《もぐ》り込む恵那をそっとしておいてくれたのはありがたかった。

何度も溜息をついて、何度も寝返りを打って、恵那は眠れない夜を過ごす。

――アヴェルス王子に対する恋心は、何としても殺さなければならない。多分。

そう思いはするが、同時に、「何で？」と首を捻《ひね》ってしまう。

この世界にやってきたのは、決して恵那の意志ではない。勝手に召喚《しょうかん》されて、勝手に、王の子を産むことを義務づけられた。了承したつもりはない。これが望んで恋に落ちた結婚相手だったとしたら、心変わりを誰にどれだけ責められても、何なら罰を受けたって仕方のないことだと思えるかもしれないが。

（……何で、生まれて初めて好きになった人を、諦めなくちゃいけないんだよ）

たとえどんな相手であろうと、自分が誰かを好きになれるなんて思ってもいなかった。そんな幸福はとうに諦めていた。自分が周囲の人々と違うと理解した頃から。

（そうだ。好きだなんて感じるのは、単に、あの人の心だけがわからないせいじゃないのか）

ためしに自分にそう言い聞かせてみる。別にアヴェルス王子じゃなくてもよかったのではないのか。たとえばリュジス王。たとえばアコニ。たとえばサージュ。彼らの心を自分が読めることなく、その人の前で何の後ろめたさも気兼ねもなく振る舞えたのなら——。

（……いや、もう、そんなの関係ないんだ）

他の人たちでも心が読めなかったら恋に落ちたのだろうかと想像してみて、それが無意味であることを恵那はすぐに悟《さと》った。だってもう、アヴェルス以外の人にそんな気持ちを抱《いだ》くことなんて想像もつかない。いくら好きになる理由を、好きにならない理由を挙げたところで無駄なのだ。心はすっかりアヴェルスに傾いている。一人でいたって、アヴェルスが残してくれたストールの温かさを、痛み止めの薬のひんやりとした感触を、アヴェルスの体から立ち昇る清《せい》涼《りょう》な香りを、抱き上げてくれた時の力強さを、触れた体温を思い出して、どうしようもなくなってしまうほどに。

（カルド神《しん》っていうのはあんまりじゃないか？）

カルバスに召喚されてから、今が一番強くそう思う。

国のためとか国民のためとか言われても、そもそもこの世界が恵那には関係のないものなのに。

(……でもきっと、俺がこんな気持ちを持ってるなんて知られれば、アヴェルス王子を困らせるだけだ)

恵那にとっては誰かに恋をするということ自体驚天動地《きょうてんどうち》の大事件なのに、挙句相手は『夫』の息子で、王の息子で、男で、本当に、あんまりだ。

なのにもう、恵那はこんな世界に来たくはなかったと考えることすらできない。

(だって喚《よ》ばれなかったら、王子にも会えなかった)

状況は最悪だが、恋の喜びとは程遠い感情しか湧かないが、それでもアヴェルスと出会って人並みの恋心を持てたことだけは、よかったと思ってしまう。あのまま元の世界で過ごしていたら、きっと一生味わえなかった気持ちだ。

恵那は一晩中悩んで、煩悶《はんもん》して、ぐずぐずと泣いたり妙な呻《うめ》き声を上げたりしながら、朝になる頃には開き直っていた。

(せっかく『義母』っていう立場なんだ。せいぜい、利用させてもらおう)

この恋をアヴェルス本人には勿論《もちろん》、周囲の誰にも悟らせてはならないから、もう彼とは会わない方がいいのかもしれないと思い詰める時間帯もあったが。

何だかそれも馬鹿馬鹿しい。望んで王妃になんてなったわけでもないのに、なぜ自分から好きな人に会う時間を減らすような真似をしなくてはならないのか。

だから翌日も、恵那はいつもどおりの時間、いつもどおり庭の迷路のベンチに向かった。

「……早く来すぎた」

気が逸《はや》っていたのか、恵那はいつもより少々早い時間にベンチに腰を下ろした。部屋にいれば、アコニから「今日は落ち着きがございませんね」と怪訝《けげん》がられ、この気持ちに気づかれたらと思ったらさらに落ち着かなかったせいもある。

一人ベンチに腰を下ろし、空を見上げて、恵那は細く息を吐いた。薄曇《うすぐも》りの空が広がっていて、少し肌寒い。この世界に四季はあるのだろうか。時の流れが同じなのだからあるのかもしれない。これからこの世界で何度季節を巡《めぐ》っていくところを見なければならないのだろう。寿命も日本人と似たようなものだろうか？

（どうせ一人で生きて一人で死んでいくって、そのつもりだったはずなのに）

眠れぬ夜を過ごしながら、「アヴェルスもそのうち結婚するのだろう」と考えて、胃の腑《ふ》の灼《や》けるような心地を味わった。複雑な立場とはいえ、王族であれば婚約者の一人もいるものなのかもしれない。そうでなくても恋人は選び放題だろう。

（だってあんなに格好よくて、あんなに優しいんだ）

この世界で、アヴェルスが結婚するところを、彼の妻を、子供を、義母として間近で見続けることになるのだろうか。王族は重婚《じゅうこん》が許されているという。だったらアヴェルスも、正妻だの妾《めかけ》だの、何人もの伴侶《はんりょ》を得ておかしくないのだろうか。それを想像した時に恵那が感じるのは、人生で一度も味わったことのない、けれども絶対にそれだとわかる嫉妬の気持ちだった。

それでもアヴェルスに恋したことを、恵那はどうしても悔やめない。

（自分の人生じゃ得られるはずもなかった気持ちなんだ。せいぜい、生々しく味わっておこう）

そんなことを思って、もう一度溜息をついた時、ふわりと、肩に何か温かな感触を覚えた。

「え？」

「申し訳ない。遅くなりました」

低く、柔らかい声。恵那が声のした頭上を見上げると背後にアヴェルスがいて、驚いた。

恵那が目を見開いていたら、アヴェルスが微《かす》かに困ったような苦笑を作る。

「失礼、驚かせるつもりはなかったのだが――何か、思いに耽《ふけ》っておられるようだったので、どう声をかけたものかと」

「あ、す、すみません」

アヴェルスが現れたことに、まったく気づかなかった。たしかに自分の思いに耽りすぎていたようだ。肩が温かいのは、アヴェルスがまた新たに恵那のために用意したストールをかけてくれたからだった。すでに嗅《か》ぎ慣れつつあるあの涼やかな香りが鼻腔《びこう》を掠《かす》め、恵那は胸に湧き上がってくる、言葉にし難《がた》い気分を持て余してしまう。

「隣に座っても？」

「……勿論《もちろん》」

恵那に断ってから、アヴェルスがベンチに腰を下ろす。その距離がいつもより少しだけ近い――ような気がする。偶然なのか、意図的なものなのか、そんなことにすら一喜一憂《いっきいちゆう》する自分が、恵那には何だか可笑《おか》しい。

「何をお考えでしたか」

そしてアヴェルスに問われて、返事に詰まる。

あなたのことを考えていましたなんて、一体、どんな顔で言えるだろう。

俯《うつむ》いて黙り込む恵那の視界の隅に、アヴェルスが軽く首を傾《かし》げる仕種が映る。

「俺に言えないことでしたら、無理にとは」

「……あの、大したことではないです、この世界は季節がどうなってるのかなとか」

気遣うように言うアヴェルスに、恵那は慌てて取り繕った。実際考えてはいたことだ。

「季節、ですか」

「今が春なのか秋なのかも、私にはわからないので……」

「冬の終わりです。この国は峻険《しゅんけん》な山に囲まれ、そこから吹き下ろす風で真冬はひどい寒さが続きますが、ようやくそれが終わろうとしている。もうじき、春になります」

「冬……そんなに寒かったかな」

ひどい寒さとアヴェルスが言う割に、恵那は庭に出る時にそこまで着込まずにすんでいる。

「王城には魔法がありますから。外ほど冷えることはない。民《たみ》の家も大抵は魔法の恩恵《おんけい》を受けて、外を出歩かない限りは凍《こご》えることもありません」

「魔法、かあ」

改めて、ここが『異界』であることを恵那は実感した。

「ユウのいた場所には魔法がないというのなら、冬は大変なことだろう」

「魔法はないけど、エアコンはありますから。寒いところなら薪《まき》ストーブとか」

「エア……コン？」

この世界にはない言葉だからだろうか、アヴェルスが不思議そうに首を捻《ひね》っている。きっと魔法のことを聞いた時の自分もこんな顔をしていたのだろうと思って、恵那は小さく笑った。

「空気を暖める機械です。冷やすこともできる」

「機械……そうか、魔術が未発達な国では、代わりに絡繰《からくり》を使った道具を盛んに使うと聞く」

納得したように頷いてから、アヴェルスは軽く皮肉げに唇を歪《ゆが》めて笑った。

「俺もそんな国に生まれるべきだったのかもしれない」

「……でも、なら、会えませんでした」

呟いてしまってから、恵那は隣でアヴェルスが黙り込んだことに気づいて、はっとなった。

「いや、あの、別に深い意味はなくて」

「――そうですね。たしかに、この国に生まれなければ、異界からはるばる攫《さら》われてきたあなたに、会うことはなかった」

そう言って、アヴェルスが優しい微笑へと表情を変える。

「であれば、この運命を俺もあまり憎まずにすむ」

それが一体どういう意味で発された言葉なのか、恵那にはわからず、相槌《あいづち》もうまく打てない。

いや、都合のいい方に解釈してしまいそうで、ひどく狼狽《ろうばい》した。

（アヴェルス王子も、俺と同じことを考えてる……とか……）

課せられた運命はあんまりだけれど、それでも、あなたに出会えたのだからそう悪くないと。

（まずい）

浮かれてしまいそうだ。

「あ、あの」

落ち着かなければ。何か、冷静になれるような話の流れにしなくては。

「シエロ王妃は、どういう方だったんですか」

そう思って咄嗟《とっさ》に出てきたのは、そんな問いだった。さすがに突然過ぎたのだろう、アヴェルスは少し面喰らったような顔になったが、すぐに落ち着いた様子に戻って、頷いた。

「以前にも言いましたが、完璧な淑女《しゅくじょ》でした。美しく、誇《ほこ》り高く、何より優しかった」

懐《なつ》かしむアヴェルスの表情を見て、最初に聞いた時と同じように、恵那の胸が痛む。

「あまり王家に近い血ではなく、魔力も多くは持たず、最初は多くの臣下や国民に望まれた結婚ではなかったらしい。だがそれでもあっという間に、周囲の者を虜《とりこ》にしたと聞きます」

恵那はアコニのことを思い出した。信奉者《しんぽうしゃ》、とアヴェルスは言っていただろうか。シエロは、それほどまでに魅力的な女性だったようだ。

「俺は立場上……そう気軽に彼女に会える機会もありませんでしたが。彼女の方では何かと気に懸《か》けてくれていた。母に対しても。母がここでできる限り安らかな心地で暮らせるよう、心を配っていた。ただ、それで母の方は、シエロ王妃の本意と裏腹に、より神経を病《や》む結果になってしまったが……」

ヒンメル王妃に自死《じし》の噂があることを思い出し、恵那は何も言えなくなる。表向きにはアヴェルスを産んでから体調を崩したということになっているようだが、やはり、精神的にもあまりいい状態ではなかったようだ。

「……母はシエロ王妃と違って、ひどく自尊心の高い女でした。おそらく高慢と表現していいほどに。元々は隣国、ナイアンの第一王女だった人だ。開闢《かいびゃく》の祖《そ》である大魔術師の再来とも言われたほど魔術に長《た》けていた」

だからこそ、子を生《な》せずにいるシエロの代わりに、カルバス王の妃にと望まれたのだ。強い魔力を継いだ王子を産むために。

「母も美しかったが、その美しさは子供心に苛烈《かれつ》に感じました。俺は彼女が笑うところを一度も見たことがない。王に贈られた娘時代の肖像画《しょうぞうが》では、瞳は明るく輝き、自信に満ちあふれた笑みを浮かべてはいたけれど……」

その表情には、敵国の王の心を射止めるために絵描きの手心が加わっているのか、あるいは、この国に嫁《とつ》ぐまではヒンメルも明るい姫であったのか。恵那には想像することしかできないし、実の息子であるアヴェルスも同じだろう。

「誰がどう見ても政略結婚でしたが、彼女はカルバスの王に嫁ぐことを、自分が国同士の平和の象徴になるということを、誇りに思っていた。きっと少女らしく、希望を持ってこの国にやってきたことでしょう。シエロ王妃よりも自分の方が若く、美しく、何より強い魔力を持っていることに胸を張って。誰よりも自分こそがリュジス王の寵愛《ちょうあい》を受けることを疑いもせず」

――ヒンメル様はとても気位《きぐらい》の高い方で、人質のように差し出されたご自分のお立場を恨《うら》んでいらっしゃって、いつも王妃になどなりたくはなかったと泣き喚《わめ》いていらっしゃいましたわ。

アコニはそう言っていた。だがヒンメルは、最初から悲愴な心持ちでこの国にやってきたわけではなかったのだろうか。

(だとしたら、その方がよっぽど、残酷だ)

自分こそがカルバスの次の王を産むのだと意気込んでいたのなら。

すでに王の寵愛を受けた――唯一の『正妃』であるシエロの存在に、どれだけ精神を蝕《むしば》まれることになっただろう。

まだ少女だったヒンメルにとって、王との閨《ねや》は苦痛でしかなかったに違いない。

（……そうか。もしあれと同じことを、ヒンメル王妃もされていたとしたら）

最初の夜にリュジスが部屋を訪れた時のことを思い出し、恵那は青ざめた。

サージュが用意したという薬。あれはただの強壮薬ではなく、リュジスに相手が愛する妻《シエロ》であると思い込ませる魔法の薬だったのだと思う。

ヒンメルも恵那同様、肌につける香油《こうゆ》も、シエロの愛用していたのと同じものを使われて。

リュジスは、ヒンメルを組み伏せながらシエロの名を呼ぶ。

（何てひどいことを）

呟きを、恵那は辛《かろ》うじて呑み込んだ。自分の場合は別にいい、女性と比べられ、その人でなければセックスできないと言われたところで「でしょうね」と思うだけだが、ヒンメルの誇りはどれだけ傷ついたことだろう。当事者でない恵那も、想像だけで全身が冷える心地だ。

口を噤《つぐ》む恵那の隣で、アヴェルスが言葉を続ける。

「母は私を産む頃にはすでに正気を失っていたのでしょう。幼い頃の私は、シエロ王妃が自分の母であればどれほどよかっただろうと、ずっと思っていました」

ヒンメル王妃の受けた仕打ちを考えれば、病んで当然だろう。

「母は俺を顧《かえり》みることなく、己の世界に閉じこもったまま死んでいった。母と視線を交わし、言葉を交わした記憶は、母が亡くなる前のただ一度きりです。それも、いっそ忘れてしまえればよかった」

「……」

だが彼女の心の傷と、アヴェルスが母親に微笑《ほほえ》みのひとつも与えられなかったことは、別の話だ。

（それにきっと、アヴェルス王子が傷つくことになる……）

リュジスの行いを知れば、シエロ王妃が実の母であればと願ってしまったことを、アヴェルスはきっと悔やむだろう。

そして父親との間に、より一層《いっそう》深い亀裂が入ってしまうかもしれない。

（でも王子にとって、母親がただ冷たいだけの人だと思ったままでいいのか？）

どちらがアヴェルスにとって幸せなことなのか、恵那にはわからなかった。それがもどかしい。

（……これ以上、王子に傷ついてほしくない）

アヴェルスが弱い人だとは思わない。だがきっと、幼い頃のアヴェルスは嫌と言うほどの悲しい気分を味わったに違いない。

想像だけで猛烈に胸が痛んで、恵那はアヴェルスに気づかれないよう、ストールを掻《か》き合わせるふりで心臓の辺りを押さえた。

「……申し訳ない。こんな話、誰に聞かせるつもりもなかったのに。……よりによって、あなたに」

悔やむ響きの声に視線を向けると、アヴェルスは声音《こわね》通りの表情で、地面に目を落としていた。

（……よりによって俺にって、どういう意味だろう）

エナ『王妃』に、ということなのか。

それとももっと、別の意味が含まれているのか。

アヴェルスの体に浮かぶ色はない。なぜこの人の心だけが読めないのだろう。その力をずっと持て余してきたのに、誰かの想いを知りたいだなんて切望するのは、生まれて初めてだ。

胸の前でストールを握りしめることしかできない恵那の方へと、不意にアヴェルスが目を上げ、微笑みかけてきた。

「あなたの生まれのことを聞いても？」

話題を変えたいと思ったのかもしれない。続きを聞きたかった恵那は落胆するような、安堵するような、複雑な気分で小さく頷きを返す。

「うちは……庶民《しょみん》です、至極一般的な。そもそも私の生まれた国に、貧富《ひんぷ》の差はあっても明確な身分制はありません」

「王も、貴族も？」

アヴェルスが驚いた顔になる。恵那は軽く首を傾げた。

「王……はいたけれど、象徴にすぎず、国を動かすことはなかった。建前上は民主主義なので、ええと、国民が国を動かす権利を持っている、はずです」

国の構造など、受験の時ですら深く考えたこともないので、どうも説明がしどろもどろになってしまう。

「両親共に働きに出ていて、私も学校を出た後は、会社……うーん、商社に勤めていました」

カルバスにも商人がいて組合があるようなので、これで伝わるだろうか。

「あなたが、商人……？」

アヴェルスはいささか不思議そうに恵那を見ていた。女性の商人は珍しいのかもしれない。

恵那は少し慌てる。

「だ、男女共に、成人すれば働くのが一般的でしたから。職業選択の自由が定められていて、誰でもやりたい仕事を選べたんです」

「そうか。あなたのいた世界は、きっと豊かで自由で、優しい場所だったのだろう」

そう言われると、そうなのかもしれないと、恵那も思う。暮らしに不満を持ち、国の政治に対して愚痴《ぐち》を言う人たちは大勢いたかもしれないが、たとえば餓《う》えや寒さで人が死ぬというのは相当なことだった。少なくとも、恵那の家庭は庶民とはいえそれなりに裕福で、子供の頃は好きに使える小遣いをもらい、行きたい学校に何の障害もなく進めて、就職にも苦労しなかった。

それを伝えようと、相手にもわかるように説明を続けるうち、アヴェルスが不思議そうな顔になっていく。エアコンのことを話した時よりもさらに、怪訝そうな表情だった。

「自分が幸運なのだと話しながら、なぜあなたはそんなにも辛《つら》い顔をするんです」

眉を顰《ひそ》めて訊ねてくるアヴェルスに、恵那は笑おうとしてうまく笑えず、俯いた。

「あなたのような人なら、家族や、友や――恋人にも恵まれ、そこで幸せに暮らせていたのだろうと思えるのに。ああ、だからこそ、ここにいることが辛いのか……」

「……恋人なんて、できたこともありません」

どうにか笑おうとする口許《くちもと》が歪む。

「一度も……？」

驚いたようなアヴェルスの声音に身が竦《すく》んだ。恥ずかしいのか、情けないのか、自分でもわからない。

「一度もです。友達だっていない。家も気の休まる場所じゃなかった。いくら恵まれた環境であっても、そこで私はずっと一人でした」

アヴェルスの返事はない。

恵那ももう話すことができずに黙り込んでいると、少しして、アヴェルスが再び口を開く気配がした。

「――自分が異端《いたん》であると、以前そう話したことと、関わりが？」

「……」

アヴェルスに問われ、恵那は迷った挙句に、頷いた。

人に話すべきことではないとずっと思っていた。たとえこの世界には当たり前のように魔法があったとしても、人の心を読む術《すべ》は存在しないらしいのだ。アヴェルスにも奇異の目で見られるかもしれない。怖《おそ》れられるかもしれない。

(でも、アヴェルス王子だって、心の裡《うち》を教えてくれた)

ヒンメル王妃のことは、おそらくそう軽々しく口にするような話題ではないだろう。恵那だからこそ打ち明けてくれたのだと伝わってくるのに、自分だけ隠しごとばかりしているのが、何だか辛い。

「私のいた世界に魔法はありません。だからずっと気づかなかったけど、私は自分でそうと知らないまま、魔法を使っていたんだと思います」

胸の前でストールごと握り締めた手に視線を落としたまま、恵那は小さな声で言った。

「私の振るまいを、周囲の人たちは、実の親すらも、おかしなものだと受け止めました。聞けばあなたも、私を気味の悪いものだと感じるかもしれない」

「あり得ない」

恵那の言葉尻に被《かぶ》せるように、アヴェルスが言った。声音には少し憤《いきどお》りがあった。

「話す前からそう思われているとすれば心外だ」

そう怒ってくれただけで、恵那は何か救われたような心地になる。

「……人の心がわかるんです」

それでも、続けようとする声は震えた。

「相手の感情が色で見える。怒りや悲しみ、喜び、愛情や憎しみ、相手を侮《あなど》る気持ちや陥《おとしい》れてやろうとする心、そういうものが、たとえ隠そうとしているものであっても、わかってしまう。人の心を暴《あば》く魔法です」

喉《のど》の奥がからからに乾いた。声がひっかかって、うまく話せているのか恵那には自分でもわからない。

「人が笑いながらつく嘘も、清廉《せいれん》な振る舞いを見せる裏でよこしまな想いを抱いていることも、口には出さず行動に起こすこともない奥底の気持ちまで知ってしまう。それをすべて知らないふりで人とつき合うことが、私には苦痛で仕方がなかった」

絞《しぼ》り出すような声で言ってから、恵那は顔を上げ、アヴェルスを見て笑った。ひどく歪んだ笑顔になってしまったと思う。

「ほら、気味が悪いでしょう？」

アヴェルスも恵那を見ていた。何か言おうとして開かれた唇がそのままの形で止まるのを見て、恵那はすぐに彼が問うべきかどうか迷っていることを察する。

「アヴェルス王子の心は見えません。あなたのものだけは、わからないんです」

それを告げる時が、自分の力を暴露する時よりも、恵那には百倍も辛かった。

アヴェルスの方も、すぐに恵那の言葉の意味を理解したらしい。安堵するというより、複雑そうな表情で視線を泳がす様子を見て、恵那は打ち明けたことを後悔しそうになる。

「そうか。私には、魔力がないから」

「……」

恵那がこれまで人の心が見えていたのは、魔法のない元の世界でも、誰もが恵那同様自覚なく、当たり前のように魔力を持っていたからだ。

そのことに、魔力を持たないというアヴェルスと出会って、恵那は初めて気づいた。

「……はい。この世界にもそんな魔法は存在しないと聞いたからサージュさんにもたしかめられなかったし、多分、ですけど」

アヴェルスの心が見えるのなら、今は悲しい色をその身にまとっているのだろうか。やはりこんな話をするべきではなかったかもしれないと思う恵那に視線を戻して、アヴェルスは「気にしていない」というふうに小さく首を振ってから、先を促《うなが》すように頷いた。恵那も頷きを返す。

「だから元居た場所で親しい人なんて作れなかったし、ここでも同じことになるのが怖くて、誰にも言えずにいます。知られればこの国の人たちだって、私を怖れて、疎《うと》んで、避けるようになるのはわかりきっていますから」

「……そうか。私にだけは怖れられる心配がないのですね」

その事実は、やはりアヴェルスを傷つけるのではないだろうか。

告白が取り返しのつかないものになったかもしれないと身を固くする恵那の瞳に、深く息を吐き出す相手の姿が映った。

「では、俺は初めて、自分が魔力を持たないことに感謝できる」

そう言って微笑むアヴェルスに、恵那は言葉を失った。

「あなたを怖れる人間が、あなたにとっても怖ろしいものでしょう。もしかしたら俺はこの世で唯一、ユウの安らげる場所になれるかもしれない」

恵那は吸い込まれるように、相手をみつめる。

「——王子……」

「今の俺にはあなたを怖ろしいだとか、気味が悪いだとか、どのみち感じようはありませんが。それを信じてもらえる術《すべ》はない。だがそう思う理由がないことをあなたが理解できる現状を、よかったと思う」

アヴェルスが泣きそうな顔になる恵那の、相変わらず胸の前で固く握られた微かに震える拳《こぶし》を、壊れ物に触れるような仕種《しぐさ》で触れてきた。

「きっと俺にすら黙っていた方が、あなたには都合のいいことだっただろうに」

「……いえ……嘘をついているのが、辛くて」

「黙っているのは嘘にはなりませんよ。——ああ、あなたにとっては偽《いつわ》りに映ってしまうのか」

たとえ善意で口にしない真実でさえ、恵那にとっては『嘘』だと感じられてしまう。だから恵那自身、真実を、本音を口にできない自分がずっと後ろめたかったし、そのことも苦痛に感じられていたのだ。

それをアヴェルスにだけはわかってもらえたことが、恵那には、言葉にしようもなく嬉しかった。

「あなたにとっては辛いことなのに、打ち明けてもらえて嬉しいと思ってしまうことを、どうか許してほしい」

涙が滲《にじ》むのを止められない恵那の目尻に、アヴェルスの親指が遠慮がちに触れる。

相手の方へと身を寄せそうになる自分に気づき、恵那は狼狽した。

義母を慰《なぐさ》める息子という姿であれば許されるのだろうか。

（……息子だとか、思えるはずがない）

声を上げて泣きたいような衝動に身を任せかけた恵那を我に返らせたのは、何の前触れもなくアヴェルスが素早い身のこなしで立ち上がったからだ。

「え……」

避けられたのだと恵那が傷つく間もなく、遠くから悲鳴のような女の声と慌ただしい足音が近づいてきたことに、恵那も気づく。アヴェルスは先にそれを耳にして、恵那から離れたのだ。

「王妃様――エナ様！」

聞き覚えのある声。アコニのものだ。彼女が珍しく取り乱した様子で恵那の前に走り込んできた時には、アヴェルスはすでにその場から姿を消している。恵那と二人きりでいるところを侍女に見られないようにという配慮だろう。

「ど、どうしたんですか?」

日頃恵那に淑女としてのマナーを叩き込んでいるはずのアコニは、ドレスの裾《すそ》も泥だらけに汚して走り、息を乱している。ただごとではない。恵那も無意識にベンチから腰を浮かせた。

「陛下が……!」

「陛下? リュジス王がどうかしたんですか?」

「り、隣国の国境近くで、ナイアン兵に襲われたと、たった今急使《きゅうし》からの報告が……!」

「え!?」

つい先刻耳にした名前だ。ナイアンというのは、アヴェルスの母親が生まれた国――カルバスのかつての敵だという国ではなかったか。

恵那は思わず、アヴェルスが立ち去ったはずの方を振り返る。そこにはもう、誰の姿もなかった。

8

「とにかく、お部屋へお戻りください」

そうアコニに急《せ》かされ、恵那《えな》は頷いて迷路を抜けるために早足で進み出したが、しかしこの状況で自分に何ができるのかもさっぱりわからない。平和な島国で育った恵那には、国境線を巡《めぐ》る争いがどんなものなのか見当もつかなかった。

(まさか、戦争にでもなるっていうのか？)

混乱しながら部屋に戻った時、別の女官が蒼白《そうはく》な顔で姿を見せた。女官は「リュジス王はそもそも国境に向かったわけではないので、ナイアンの兵に襲われたというのは誤報《ごほう》である」と別の急使《きゅうし》からの報告を告げ、かと思ったら次にはサージュが現れて「同行した魔術師からの魔法を使った報せ《しら》によると、王はナイアン人により囚《とら》われの身となっているらしい」とも言うし、城がひどい混乱に陥《おちい》っていることが、恵那にも嫌と言うほど伝わってくる。

(情報の伝達手段が限られてるからか……)

電話回線もインターネットもない世界だ。情報が錯綜《さくそう》して、どれが真実なのか、王城に残った人間の誰にもわからない。

わかるのは、リュジスがまだ生きているということだけだ。もしも王が死ねば、どういう仕組みなのか、サージュたち魔術師には確実にわかるようになっているらしい。

（でもまともに連絡も取れないってことは、危ない状況ってことなんだよな……？）

とはいえ、恵那にできることなど、やはり何もありはしない。対応は城に残った政治家や将校たちが行うのだろうし、『王妃』は彼らから漏れ聞こえる話をアコニや他の女官たちより伝えられるばかりで、何かをしなくてはならない義務も権限《けんげん》もない。

だからといって、自分には無関係だと、呑気《のんき》に過ごす気にもなれなかったが。

「ああ、何て怖《おそ》ろしいことでしょう、ナイアンはやはり野蛮《やばん》な国ですわ。和平の協定が結ばれているはずなのに、平気で襲いかかってくるだなんて」

アコニは延々とそんなことを言いながら、恵那の部屋の中を意味もなく歩き回っている。

「あの、このままだと、戦いになったりするんですか？」

神経質なアコニの様子で、恵那まで不安が煽《あお》られてくる。アコニは真っ青な顔で自分の体を抱き締め、大袈裟《おおげさ》なほど身震いしてみせた。

「私が幼い頃は、ナイアンとの小競《こぜ》り合《あ》いがしょっちゅうありました。この王都まで敵が攻め込んでくることは勿論《もちろん》ありませんでしたけど、国境を守る騎士たちが、何人も命を落として……」

アコニの言葉で、恵那も青ざめた。

（アヴェルス王子がいる軍っていうのが、他の国に攻められた時に、戦いに出るところじゃな

かったか）

それを思い出すとじっとしていられず、恵那は座り込んでいたソファから立ち上がった。

「王妃様？　どちらへ行かれますの？」

ドアに向かう恵那を見て、アコニが慌てたように声をかけてくる。

「どこかで今後の対応を話し合っているんじゃないですか。何がどうなってるのか、聞いてきます」

軍議なのか閣議《かくぎ》なのか恵那にはわからないが、そういったものが行われているはずだ。

てっきりアコニには止められると思っていたのに、予想外に、力強い頷きが返ってきた。

「王妃様に何かを決めたり命じたりする権利はございませんけど、決まったことを知る権利はございますわ」

アコニに政治家や将校たちの集まっているという場所を教えてもらい、恵那は部屋から駆け出した。アコニもついてこようとしたらしいが、待っていられず、スカートの裾《すそ》をたくし上げて走る。靴底の柔らかいブーツなのがもどかしい。

きっとアコニは、恵那がリュジスを心配して取り乱していると思っているだろう。猛然《もうぜん》と走る恵那と廊下ですれ違い、驚いたように壁際に寄りながら頭を下げる者たちも。

（たしかに王様も心配だけど、でも）

王が襲われるような場所に、アヴェルスが向かうのではと想像する方が、恵那にはもっと怖ろしかった。

渡り廊下を抜けて別棟に向かい、階段を駆け上ってアコニに教えてもらった会議場まで辿《たど》り着くと、タイミングを見計らったかのように、重たい石造りの扉が衛兵たちの手により開かれるところだった。中から、深刻な顔をした髭面《ひげづら》の政治家や、険《けわ》しい表情の年配将校たちがぞろぞろと出てくる。ちょうど話し合いが終わったのだろう。彼らはそれぞれ近くの者たちと声を潜《ひそ》めて会話を交わし、あるいは無言で足早にその場から立ち去り、恵那を見ても軽く頭を下げるだけで、こちらを顧《かえり》みようとしない。

「あ、あの――」

一体何がどう決まったのか。訊ねるための言葉に迷っているうち、恵那はまだ会議場の中に残っているアヴェルスの姿をみつけた。自分が入っていいものかわからないまま、他の人々を掻《か》き分けるように中へと足を踏み入れる。

「アヴェルス王子」

いくつもの椅子に取り囲まれた巨大なテーブルの前に、アヴェルスは立っていた。椅子が足許《あしもと》に倒れている。テーブルに置かれた両手の拳《こぶし》が小刻みに震え、壁際の蝋燭《ろうそく》の光に照らされたアヴェルスの顔はひどく青ざめていた。

「……王子？」

恵那は走って乱れた息を整えながらアヴェルスに近づき、遠慮がちに声をかける。

「……ッ」

アヴェルスは恵那の呼びかけには答えず、テーブルに両手の拳を叩きつけた。恵那は驚いて足を止めかけるが、すぐにアヴェルスの隣へと並んだ。

「何があったんですか」

「――俺が、ナイアン王家の血を引く者だから」

低く、押し殺しすぎて微かに掠《かす》れた声を、アヴェルスが喉《のど》の奥から絞《しぼ》り出している。

「城で待機しているよう言われました」

「え……」

それが少なくともアヴェルスにとって喜ぶべきことではないのだと、彼の顔色で、恵那にもわかる。

「俺は！　王軍の将だ、国の、王の有事《ゆうじ》の時には前線に立ち命を賭《と》してそれを守ることを職務とする騎士だ！　それを――」

激昂《げっこう》して声を荒らげるアヴェルスに、恵那は言葉を失った。これほど悔しげな姿を初めて見る。

恵那にもし彼の感情もわかるのなら、きっと燃えるような怒りと苛立《いらだ》ちと、そして遣《や》りきれないほどの悲しみの色が見えただろう。

（……見えなくても、わかるよ）

ためらいつつ、恵那はそっとアヴェルスの背中に掌《てのひら》を当てた。

「この国を裏切り、ナイアンに与《くみ》すると思われているのか。味方のふりで近づき王にとどめを刺す卑怯者だとでも思われているのか。俺は騎士の誇《ほこ》りにかけても、王の——父の、息子としても……ッ」

「王子……」

アヴェルスがテーブルに手をついたまま、その場に頽《くずお》れる。恵那も相手の背に触れたまま、床に膝をついた。怒り、失望に項垂《うなだ》れるアヴェルスを見ていると胸が痛くて仕方がない。戦場に彼が出ることになったらと怯《おび》えていた自分が、心の底から申し訳なく思えてくる。

（親なんだ。心配に決まってるじゃないか）

アヴェルスは常に、リュジスのことは『王』『陛下』と呼び、息子というよりも騎士や臣下としての距離を保とうとしているように見えた。だが本当に心が離れていたわけではない。

（父親を助けに行きたいのなんて、当たり前だろ）

なのに誰もそれを信じようとしない。もしかしたら必死になればなるほど、「ナイアン王家と通じているのでは」と疑われすらしたのかもしれない。アヴェルスには魔力がないから。王の子ではなく、信仰すら持たないと、周囲が思い込んでいるから。

「……私にあなたの心が見えればよかった」

先刻も願ったことを、恵那は今、より強く思う。

「あなたがどんな想いでいるのか、私なら、他の人たちに伝えることができたのかもしれないのに」

アヴェルスの背中に額《ひたい》を寄せる。自分よりもはるかに広く、逞《たくま》しい背中をそっと抱き締める。自分が泣いてどうするのだと思いながら、込み上げてくるものが止められない。恵那も悔しかった。何の役にも立てない自分が。自分が何かしらの権限がある王妃だったら、今すぐにでも、アヴェルスをリュジスの元に送り出してやれたのに。

「……ありがとう、ユウ」

優しく、手の甲に触れるものがあった。アヴェルスの指だ。恵那はようやく、自分がアヴェルスを抱き締めていることを自覚して、動揺した。

「す、すみません、こんな」

慌てて離れようとする前に、アヴェルスが恵那が胸の前に回した手をそっと、だが強い力で握り、押さえ込んでくる。

「もう少しこうしていてください。今すぐここを飛び出して、人の話を聞かない大臣や他の将たちを剣で斬りつけて、出撃させろと脅《おど》したりしないよう」

アヴェルスの言葉が冗談なのか、本気なのか、測《はか》りかねて恵那は困惑する。やはりこういう時、本心かどうか見抜けないのは不便なものかもしれない。

困っていると、小さくアヴェルスの肩が揺れた。どうやら笑っているらしい。

「冗談です、申し訳ない。俺の冗談はつまらないと、グレイたちにも評判で」

それは、気楽に軽口を叩けるような相手すら、アヴェルスにはいなかったということではないのか。気づいてしまって、恵那は相槌《あいづち》も打てない。

「ひとまずはナイアンに正式な使者を立てることになりました。勿論俺にその役が課せられることもない。カルバス王軍は返事を待つ間に兵を整え、ナイアンとの国境線に向け進軍すると。これにも俺は、関わることが許されませんでしたが」

先刻の激昂から随分と落ち着いた様子に変わり、床に胡座《あぐら》をかくようにして座り直しながら、アヴェルスが言う。その背を抱いたままの恵那も、アヴェルスと一緒に床に腰を下ろした。

(ええと……は、離れた方がよくないか?)

このままでは男の体であることが知られてしまうかもしれないし——女だと思われているのなら、こんなに密接に触れているのは、それはそれでまずい気がする。

なのに恵那はアヴェルスから離れられず、ただ、頷きながら相手の話に耳を傾けることしかできなかった。

「使者が城に戻るまではおそらく一週間ほど。さて、その間、何をするか……あなたとまた、狩りにでも行きましょうか」

アヴェルスの言葉が冗談なのか、本気なのか、やはり恵那には判別がつかない。ただ、小さく首を振る。父王の危機に狩りになど興《きょう》じていれば、またどんな噂を立てられるかわからない。

アヴェルスは自棄《やけ》になっているのだろうか。

「……そうか。あなたも陛下のことが心配でしょう。申し訳ない、配慮のないことを口にした」

苦笑混じりの声になるアヴェルスに、恵那は何だか後ろめたさを感じる。アヴェルスの評判ばかり気にして、リュジスの心配が二の次になっていたことに気づいたのだ。

「何か……私にできることはないでしょうか」

狩りは無理でも、せめてアヴェルスの慰《なぐさ》めになるようなことはないのか。そう思って恵那は訊ねた。

「礼拝堂で王の無事を神に祈れば、少し心が落ち着くかもしれませんね。サージュに言えば、準備を調えてくれるでしょう」

だがアヴェルスの方は、恵那がリュジスのために何かできることはないかと、そう訊ねたように受け取ったようだ。

(……当たり前か。俺は、王妃なんだから)

そこにもどかしさを感じるのは、それこそリュジスの無事を思って心を痛めているアヴェルスに失礼だろう。

「大丈夫ですよ。陛下の身に何かあれば、魔術師たちにもわかりますから」

「……アヴェルス王子も、一緒に祈りませんか」

せめても、と思い、恵那はアヴェルスにそう呼びかける。真っ先に出てきた提案が祈りであるなら、アヴェルスにとっても、それは多少なりとも気の休まる行為なのだろうと思って。

(それに狩りに行くよりも、王子が王様のことをちゃんと心配してるっていうアピールにもなるだろうし……)

アヴェルスが少し間を置いて、頷く。

「そうですね。これ見よがしだと謗《そし》られることもあるかもしれませんが」

「あ……」

浅知恵だっただろうか。無事を祈るアヴェルスの姿が逆効果になるかもしれないとは、思いもつかなかった。

「言いたい者には言わせておけばいいと思っていたが、俺のそういう振る舞いが今の自分の状況を招いたのかもしれない。もう少し殊勝《しゅしょう》に立ち回りますよ。——そういう態度を取ることは癪《しゃく》に障《さわ》る気がして今までできなかったけれど、あなたと一緒になら飲み込める気がする」

そう言って、アヴェルスが首を巡らせ、ようやく恵那の方を見て笑う。その顔が思いの外間近に来たことに狼狽《ろうばい》しながらも、それを押し隠そうと努力しつつ、恵那は頷いた。アヴェルスも頷き、床から腰を浮かせる。恵那はアヴェルスに触れていた手を離した。

「俺は動けませんが、グレイたちは部隊に組み込まれることになるでしょう。戦場で充分役に立つ部下だ。彼らが俺側ではないと判断されていることを、今は幸運に思います」

差し出されたアヴェルスの手に摑まり、恵那も立ち上がった。

「王子――大丈夫ですか？」

訊ねた恵那に、アヴェルスがいつも通りの落ち着いた態度に戻って、再び頷く。

「勿論。……取り乱して、見苦しい姿を晒《さら》してしまったことを、ひどく悔やんではいますけどね」

苦笑するアヴェルスに、恵那は力一杯首を振る。

「あなたの前では取り繕《つくろ》っておきたかったのですが。呆れられたのではと、陛下の状況よりもそちらの方が気懸《きが》かりで、今日はよく眠れないかもしれない」

言葉の意味をどう受け取るべきか、恵那は迷ったし、混乱したし――舞い上がった。

（どうして俺の前では格好つけていたかったみたいなことを言うんですか……って、聞いてしまいたい）

答えはわかるような気がしてしまう。男が格好つけたい相手なんて決まってるじゃないかと、浮かれる自分の心を必死に押さえつける。

「も、もし……取り乱した姿で、私が王子に失望するとか、そういうことを、考えているなら、あの、全然、必要ないことですから」

押さえつけようとしすぎたせいで、何だか支離滅裂《しりめつれつ》になってしまった気がする。何言ってんだ俺はと、変なことばかり零《こぼ》れ出る自分の口を押さえようする恵那の手に、アヴェルスがそっと触れてくる。

「明日の夜明け頃、礼拝堂にいらしてください。サージュには俺から伝えておきます」

「……はい」

「あなたもどうか、できうる限り安らかな眠りに就《つ》かれますように」

そう言って、アヴェルスが恵那の手の甲に唇を押し当てた。最初に庭先で出会った時にも同じことをされた。きっとこの世界では当たり前の挨拶《あいさつ》なのだろう。

(だから赤くなるな、バカ)

自分を叱咤《しった》しても、首や耳まで赤くなることや、どうしようもなく心臓が跳ね回ることを、恵那には止めようがなかった。

◇◇◇

なかなか寝つけないまま夜が明け、早朝、アヴェルスに言われた通り礼拝堂に向かうと、予想外に大勢の人々の姿があった。サージュの他に十名近い魔術師が祭壇附近に集まり、文官らしい男たち、それに近衛兵《このえへい》や他の騎士らしき男たち、城館で働いている女たちが等間隔《とうかんかく》に並べられた低く長いテーブルの前に跪《ひざまず》き、手を合わせて祈りの姿勢を取っている。

恵那は慌てて、頭から被ったヴェールをさらに引っ張り下ろした。胸に触れて、ペンダントがきちんとぶら下がっていることも確認する。おそらくこの中のほとんどが、恵那が男であることを知らない人々だ。

（そ、そうか。別に、アヴェルス王子だけじゃないのか）

アヴェルスは他の者たち、騎士たちすらからも離れた後ろの方で、静かに祈りを捧《ささ》げていた。

そもそも恵那の側《そば》にもアコニや他の女官が二人ついていたし、サージュたち魔術師が来るのだってわかっていたのだから、馬鹿な期待をしたものだと恵那は一人恥じ入る。

せめてアヴェルスの近くで自分もリュジスの無事を祈ろうと思ったのだが、アコニが当然のように祭壇の正面に恵那を促《うなが》した。

サージュたちはリュジスと神の名前を歌うように紡《つむ》いでいる。法事で聞く経文《きょうもん》や地鎮祭《じちんさい》などで聞く祝詞《のりと》のようなものなのだろうが、こちらは形式的なものではなく、実際何かしらの魔術的な効果があるのかもしれない。

とにかく恵那は、自分も見様見真似でひんやりした石の床に跪き、ひとまずは様々な雑念を頭から追い出して、リュジスが無事であるよう祈った。

（もしかしたら、リュジス王がいなくなった方が、俺の身は安泰なのかもしれないけど……）

昨夜《ゆうべ》、ベッドの中でそんなことを思いついてしまった。王がいなければ、その子を産む必要もなくなるのではと。

だがそれを祈る気はさらさら起きずにいる。

（あの人の子供を産むのも、そもそもセ……性交渉するのも全然気が進まないとはいえ、だか

らって知ってる人が死ぬのなんて絶対嫌だし）

誰かの死を願うくらいなら、子供の一人や二人産んだ方が、恵那にとってはまだマシだ。

（それに……アヴェルス王子がどれだけ悲しむか）

だからそんなことは断じて考えないようにしながら、恵那はリュジスが何ごともなく元気に戻ってくるよう祈り続ける。カルドという神様に祈るべきなのか、それとも日本の神様に祈るべきなのか、仏様に祈るべきなのか、よくわからなかったのでとにかく片っ端からに頼んでみる。

長い時間呪文《じゅもん》を唱《とな》え続けていたサージュたちが、やがて祭壇に向けて叩頭《こうとう》し始め、他の人々も同じように地面に額《ひたい》をつけるのを見て、恵那も、慌ててそれを真似た。

「リュジス王と、カルバスの地に栄《さか》えあれ」

最後に全員が唱和《しょうわ》して、どうやら、祈りの儀式が終わったらしい。誰も無駄口を叩かず、厳《おごそ》かな雰囲気のまま静かに礼拝堂を出ていく。

「王妃様、参りましょう」

恵那もアコニに促され、礼拝堂を後にした。出入口のところで振り返ると、アヴェルスはまだ一人その場に残り、礼拝堂の正面に据《す》えられた、おそらくカルド神らしき像をじっと見上げていた。

◇◇◇

儀式は朝だけでなく、昼と夜にも行われた。サージュたち魔術師は別の場所――恵那を召喚した祭壇のある部屋らしい――でも休みなく祈り続けているという。この世界で、祈りというのはそれだけ意味を持つものなのだろう。

二日経《た》っても、リュジスに関する続報はなかった。ナイアンに向かった使者が戻るには早すぎる。サージュたちの魔法により、命に別状はなく、酷《ひど》い手傷を負《お》ったり病《やまい》に倒れたりすることもなく、健康でいることだけ明らかではあったのだが。

リュジスはそもそも、辺境の地に暮らす、王家にもかかわりの深い一族の元を訪れるために出かけていったらしい。興国《こうこく》の神カルドに倣《なら》い、極《ごく》少数の護衛の騎士のみを連れての巡幸《じゅんこう》だ。年に何度か行う恒例《こうれい》の行事だという。今回は王都からそう離れていない場所に向かったので、ほんの四、五日で戻ってくるはずだった。予定の地からナイアンとの国境まではさらに数日分の距離があり、襲われるような危険はなかったはずなのだと。

(何ごともなく戻ってきますように)

何らかの行き違いである方がいい。恵那は礼拝堂に向かうたび、それなりに熱心に祈りを捧げた。

王の危機だという時に自分がどういう振る舞いをすればいいのか見当もつかなかったので、

一日のほとんどを礼拝堂で過ごさなければならないことは、むしろありがたかったが――。

（……王子と、話せないなあ）

日課になっていた散歩に向かう時間はなくなった。だからあの庭で、アヴェルスと密《ひそ》かに言葉を交わすことができなくなっている。

こんな場合なのに、というよりもこんな場合だからこそ、恵那はアヴェルスと二人きりで会いたかった。アヴェルスが本心を吐露《とろ》できるのは、おそらく自分の前だけだ。その感触が思い上がりではなく事実だと、相手の心が見えないのに恵那には確信できた。会議場での姿を、アヴェルスはきっともっとも近くにいる部下《グレイ》にすら見せないだろう。

勿論アヴェルスのためだけではなく、恵那自身、彼と会いたかった。会いたい気持ちをどうしても消せない。

三日目の昼、恵那は耐えかねて、「もう少し祈っていたいから一人にしてほしい」とアコニに告げ、礼拝堂に残った。アコニは恵那がよほどリュジスを心配していると思ったのだろう、涙すら浮かべて「わかりました」と立ち去ってくれたので、恵那は少々良心が痛んだ。

（いや、王様の無事を願う気持ちは全然嘘じゃないんだけど……）

サージュたちも、残った恵那に深く一礼して、祈りの場を他に移すために礼拝堂を出て行った。

しんと静まりかえった礼拝堂の中で、恵那はそっと背後を振り返る。

アヴェルスが床に跪いたまま、じっと恵那の方を見ている。恵那が立ち上がると、アヴェルスも同じように腰を浮かし、ゆっくりとこちらへ歩いてくる。

「あまり眠れていないのではないですか」

恵那のそばまでやってくると、アヴェルスが静かな声で訊ねてくる。

「陛下の無事だけは約束されています。あまり思い詰めないよう」

アヴェルスはまだ、本当に、恵那がただリュジスのことばかり考えて心を痛めていると思っているのだろうか。

「……リュジス王の無事は、本心から、偽りなく神様に祈っています」

恵那は目を伏せて小さな声で答える。アヴェルスにそこを疑ってほしくはない。——失望されたくない、という意味でも。

「でも、アヴェルス王子が眠れているのかも、気になっています」

その言葉をアヴェルスにどう受け止められるのかが怖くて、恵那の声はますます小さくなる。

ふと、アヴェルスが微《かす》かな息を吐き出すように笑った。

「俺もです」

困ったような声音《こわね》を聞いて、恵那はアヴェルスも自分と同じ気持ちでいるということを、確信してしまった。リュジスのことは心配だけれど、恵那のこともまた、心配なのだと。

そこに幾許《いくばく》かの後ろめたさが混じっていることも。

（どうしよう。嬉しい）

後ろめたさを感じるのは、それが『義母』に――『王の妻』に感じる類《たぐい》の感情ではないせいだ。

「こう言っては何だが、王妃が巡幸に同行するしきたりがなくなっていたことが、不幸中の幸いです」

カルド神の像を見上げ、すぐに目を逸《そ》らしながら、アヴェルスが言う。恵那はそんなアヴェルスの横顔を見上げた。

「本来であれば正妃と連れ立って行くのが、歴代の王の習わしだったらしい。ただリュジス王はシエロ様のみを正妃とされていたから、病弱なあの方を連れ回すわけにはいかないと、強引に慣例を変えた」

それはおそらく、ヒンメルや他の王妃が生きていた頃も同様だったのだろう。ちらほらと漏れ聞こえてくるリュジスの妻たちに対する扱いについて、恵那はいちいち胃が痛くなる思いだ。

だがアヴェルスの横顔に憤りや傷心《しょうしん》の表情はなく、どこか安堵した様子すら浮かべている。

「この上あなたまでもが危険に晒されていると知れば、俺は誰が止めても、その者たちを本当に斬り伏せてでも、駆け出さずにはいられなかったでしょうから」

「……アヴェルス王子」

「俺のことも、ただアヴェルスと呼んでもらえませんか」

恵那に視線を向け、アヴェルスが言う。

「王子でなければ、あなたと出会うことはなかった。けれど、あなたにそう呼ばれると、自分の立場を思い知らされて――辛くなる」

「……」

「あなたを義母だと思ったことなど一度もありません。本当に初めから、一度も」

もし恵那が本物の王妃で、愛する夫の子供から向けられたのだとしたら、これほど厳しい言葉もなかっただろう。

けれども今、恵那の胸の中を、いっぱいに甘い痛みばかりが満たしている。

「……あなたが陛下を愛しているのなら、それでよかったのに」

誰もが出入りできる礼拝堂で、リュジス王の祖先だというカルド神の像の前で、アヴェルスに手を伸ばしたくなる衝動を抑えることが、恵那には苦しくて仕方がなかった。右手の拳を握りしめ、反対の手でそれを押さえて、動き出しそうになるのを自分で止める。

「王の目も神の目も掠《かす》めて、あなたを攫《さら》っていければ」

そうしてもらえれば、どんなにだろう。

（でも、リュジス王が危ないかもっていう時に、そんなことできない。アヴェルス王子だってきっと悔やむだろうし……それに俺、王様の子供を産まなかったら、死ぬんだろ）

初めて人を好きになったのに、やっとそう思える相手ができたのに、あまりに障害が多すぎる。

「困らせてしまいましたね」

苦笑するようなアヴェルスの声に、恵那はいつの間にか俯いてしまった顔を上げた。

「俺も困っています。……俺の心があなたに見えなくてよかった」

アヴェルスは、恵那が想像した通りの表情をしていた。恵那から目を逸らし、苦《にが》り切った顔で小さく笑っている。

「いや……見えていれば、また別の」

「アヴェルス王子――アヴェルス」

堪《こら》えかねて、恵那はアヴェルスに手を伸ばした。その腕を、つい両手で強く摑んでしまう。

「私は」

その後に何と続けるべきか、口を開いたのに自分でもわからず、恵那がただ徒《いたずら》に息を吸い込んだ時。

空気を切り裂くような大きさで鐘《かね》の音が頭上から響き、恵那とアヴェルスは、同時にはっと空を見上げた。

礼拝堂の中からでは見えないが、王城の尖塔《せんとう》にぶら下げられた鐘が、狂ったように打ち鳴らされている。

「これは……」

アヴェルスが鐘のある方から、恵那の方へと視線を移した。

同じようにアヴェルスに目を向けた恵那は、相手の顔がほんの一瞬、どんな感情のせいかわずかに歪《ゆが》む様子を見た。

「王の、帰還を報せる鐘です」

「え――」

「陛下が戻ってくる」

耳を劈《つんざ》くような鐘の音が、城館中にこだましていた。

9

リュジスは王都の手前の街に入り、彼が戻ってくるより先に、その無事を報《しら》せる使者が城館に戻ってきた。

「明日には王都に戻られるそうですわ！　よかったですわね、王妃様！」

アコニは涙混じりに恵那《えな》の両手を握っている。恵那は何度も繰り返されるアコニの言葉に、ただ笑って頷きを返すばかりだ。

アコニの言うとおり、鐘《かね》が鳴らされた翌日には、リュジスが城へと戻ってきた。日頃それなりに静かな佇《たたず》まいを見せていた王城の中はやたら活気に溢れ、誰もが王の帰還を喜んでいるようだった。

恵那も、出立《しゅったつ》前と変わらないリュジスの姿を見て安堵した。特に面窶《おもやつ》れすることもなく、威《い》容《よう》に翳《かげ》りもなく、ひとつの疵《きず》を負《お》うこともなく戻って来られたらしい。その日の晩餐《ばんさん》には大勢の文官たちや将校、政治家などが集められ、祝宴が開かれた。恵那はまだお披露目《ひろめ》前で立ち居振る舞いも覚束《おぼつか》ず、心労で寝込んでいることにして、その席に出ることはなかったが。

（王子は――アヴェルスは出席できたのかな）

せめて彼が直接リュジスの姿を確認できるようにと、その無事を祈る時くらい熱心に恵那は願った。

アコニから伝え聞いた話では、王を襲ったのは確かにナイアン人だったが、故郷で罪を犯し追放され、カルバスにやってきた流民《るみん》の集団だったという。巡幸《じゅんこう》に向かった先で、そういった破落戸《ごろつき》が国境付近の土地を荒らし、今しも略奪のため村に火を付けて回っているという噂を耳にしたリュジスが、護衛の騎士を連れて自《みずか》ら討伐《とうばつ》に乗り出した。賊は想像以上の大人数だったが速《すみ》やかに討伐を完了し、だが女子供が連れ去られたことも判明したため、リュジスはすぐにその行方を追ってそのまま近くの山に入った。そこで山崩れに遭遇し、王とその近くを守っていた騎士が数名行方知れずとなり——無事、自力で下山した。人質も無事だった。

事態を知ったナイアン王家は慌てて「賊と我が国は無関係である」ことを表明し、「しかし被害を受けた人と土地の補償はナイアンが行い、カルバスにも正式に謝罪をする」と素早い対応を取ったことで、戦争が起こるような危険もなくことはすんだらしい。

(とにかく、ナイアンとの間に変な諍《いさか》いが起こらずにすんだっていうのは、よかった)

そうなれば、アヴェルスはますます辛《つら》い立場に置かれただろう。

だからリュジスが無事に戻ってきたことは、やはり恵那も、素直に嬉しいと思う。

「あの、怪我もないそうで、何よりでした」

帰還翌日の夜、リュジスが恵那の部屋を訪れた。労《ねぎら》う恵那にリュジスはただ小さく頷きを返すと、ベッドに近づき、少し身を投げ出すような動きで腰を下ろしている。さすがに多少は疲れているのだろう。

「いささか無茶をした」

リュジスはごろりとベッドに横たわっている。恵那がそっと近づいて様子を見下ろすと、リュジスの瞼《まぶた》が下りていた。

(寝た……のか?)

昨日帰ってきたばかりで、ナイアンへの対応や賊に燃やされた村の復興、それに留守の間に起きたあれこれを処理するため、慌ただしい時間を過ごしていたのかもしれない。何よりリュジス自身が元気な姿を周囲に知らしめる必要もあっただろうから、あまりゆっくりすることもできなかったのだろう。元々王のところには、朝起きてから夜眠るまで、相談や嘆願《たんがん》のために休む間もなく人が訪れているらしいと聞く。

(さすがに『王妃』の部屋なら、そういう人たちも入り込めないだろうし)

久々に『陛下のお渡り』があると聞き、アコニ辺りは張り切って恵那の体を磨《みが》き立てていたが、どうやらリュジスはただ体を休めるためだけにこの部屋を訪れたようだ。恵那は正直ほっとした。戻る早々リュジスが子作りに励《はげ》むこともないだろうと思ってはいたが、それでもアヴェルスへの気持ちをはっきり自覚してしまった今、もしそういう行為を強《し》いられるとしたら、かなり辛かっただろう。

(……でも、やっぱりいつかは、しなくちゃいけないのかな……)

静かに寝息を立て始めているリュジスを邪魔しないよう、極力静かに自分もベッドに横たわりながら、恵那は気持ちが沈んで仕方がなかった。

民のために危険を顧《かえり》みず賊と戦った王は、国の平穏のために『異界の賓《まろうど》』である王妃との子作りを、必ずやり遂《と》げるだろう。他にどれだけ心を寄せていた女性がいたとしても。たとえ恵那が泣いて暴れて嫌だと訴えたとしても。

恵那はのろのろと寝返りをうち、なるべくベッドの端に寄って、リュジスに背を向けた。

リュジスのヒンメルやその他の王妃に対する仕打ちを、男としてはどうかと思うが、何より国のために生きる王のことは恵那だって尊敬できる。もしもアヴェルスに出会っていなければ、どうにか人助けなのだからと自分を宥《なだ》めて、リュジスを受け入れることもできたかもしれない。

(でも、もう、会っちゃったんだよ)

昨日、礼拝堂で交わした言葉の数々を、恵那は延々と反芻《はんすう》している。

『あなたを義母だと思ったことなど一度もありません。本当に初めから、一度も』

どこか苦しげに吐き出された声だったはずなのに、ひどく甘いものに聞こえたのは、自分の勘違いではない気がする。

『……あなたが陛下を愛しているのなら、それでよかったのに』

アヴェルスにももう、自分の気持ちは伝わってしまっているのだろう。

隠さなければと思っていたのに、それを知られていることが――届いていることが、恵那には自分でも手に負えないほど嬉しかった。

（……こんな状態で。俺だけ一方的な想いを抱《いだ》いてるんじゃないって、わかってるのに）

リュジスはシエロのことを思いながらも、国のために他の王妃と交わることができた。

（俺にはできそうにない……）

リュジスの帰還を喜んでいるつもりなのに、どこかで、「でもあの時、礼拝堂で『攫《さら》っていければ』と言ったアヴェルスの手を取っていたら」ということばかり考えてしまう。

『困らせてしまいましたね』

手を取れずにいた恵那に、アヴェルスは苦しそうな顔をしていた。

（俺もできるならそうしたいんだって、いっそあの場で言ってしまえばよかった）

リュジスの隣で、恵那は今日も到底《とうてい》、眠れそうになかった。

◇◇◇

三日経《た》てば、城も随分と落ち着いた。恵那にとっては幸いだと言えるのは、ナイアンから正式な謝罪を受けるために使節団を迎え入れることになり、その準備があるから、王妃のお披露目が少し延期になったということだ。

「毎日熱心に礼拝へお出《いで》になったことで、慈悲深いエナ王妃のことが少しずつ城の外へも広まっているようですのよ。民《たみ》も早く王妃様のお姿を目《ま》の当たりにしたいでしょうに」

アコニはそう言ってがっかりしているが、恵那はお披露目の延期はともかく、じわじわと外堀が埋《う》まっていく感じに、焦りも覚えていた。

「どうせならお披露目の時にご懐妊《かいにん》の報《しら》せもできれば、民たちももっと喜びますわ」

意気込むアコニに、恵那は引き攣《つ》った笑みを返すことしかできない。アコニはリュジスがゆうべ恵那の部屋に来たことを喜んでいたし、今日もまたお渡りがあるだろうと言って、寝間着をどうするかなど張り切っている。

そんなアコニと同じ部屋で過ごすことも辛かったので、恵那は久しぶりに散歩に出かけることにした。昨日までは王の危機、そして帰還のため城館の庭にも慌ただしく人が行き交いしていたが、今日はやはり静かなものだ。

アヴェルスに会えるだろうかという期待が、誤魔化《ごまか》しようなく、一番大きかった。逸《はや》る気持ちで身支度を調え、城館を出て庭に向かう。

迷路に入ると早足になった。ゆうべリュジスの隣で横たわる間、今朝になってアコニがやってきて延々とお披露目の話をしている間、ずっとアヴェルスのことが頭から消えずに苦労した。

息を切らしていつものベンチまで辿り着くと、初めて、恵那よりも先にアヴェルスの姿がそこにあった。アヴェルスはすぐに恵那に気付き、ベンチから立ち上がる。

(待っててくれたんだ)

それだけでなぜこんなにも泣きたい気分になるのか、恵那にはわからない。

恋をしたら、みんなこんなふうになるのだろうか。

「今日は、王妃に暇乞《いとまご》いに来ました」

どう挨拶《あいさつ》をしようか、とにかく泣きそうなのを誤魔化さなくてはと、恵那が息を吸い込んだ時。

アヴェルスにそう言われ、言葉の意味が飲み込めず、恵那はぽかんと馬鹿みたいに口を開いたままになってしまった。

（いとま……ごい？）

アヴェルスは、自分に、別れを告げているのだ。

二人きりなのに、わざわざ『王妃』と呼んでまで。

本当は、頭の中ではそうわかっている。理解できないのではなく、したくないのだ。

「どうして？」

喘《あえ》ぐように、ようやくそれだけ口にした。

アヴェルスが恵那から微《かす》かに目を逸《そ》らした。

「今日の早朝議会で、あなたのお披露目がナイアンの使節団の訪れと同時に行われることが決まりました」

「え？」

お披露目は、むしろ使節団が訪れるために時期が延びたという話ではなかったのか。

「聞いてません」

「つい先ほど決まったんです。いくらナイアン王家が関わった騒ぎではなかったと言っても、好戦的な者やナイアンに恨みを持つ者は納得せず、これを機に再びこちらから攻め込むべきではという空気が一部で生まれている。王は平和を望み、そのために、ナイアンのもてなしと同時に国の祝賀を行うことを決めた」

すべてナイアン側の陰謀であるという主張の声を消すために、『エナ王妃』のお披露目を利用するということだ。

過激派は使節を実力行使で害し、相手国との間に争いの火種を生み出そうと画策《かくさく》しているという情報がある。だが祝賀の場でナイアンの使節を害するような真似をすれば、王妃のお披露目を穢《けが》したと人々の反撥《はんぱつ》を受けるだろう。王家への叛逆《はんぎゃく》の誹《そし》りも逃れられない。それを怖《おそ》れて、少なくとも今度の使節団の訪問では動けなくなる。

「ですから再来週《さらいしゅう》には、あなたの名は陛下の妃《きさき》として国の内外に知れ渡る」

アヴェルスの説明を、恵那は相槌を打つこともできず、呆然と、ただ立ち尽くしたまま聞いた。相手の口調はあまりに事務的で、平坦で、感情が感じられない。恵那の体中に、悲しみと寂しさと憤《いきどお》りが渦巻《うずま》いているというのに。

「勿論《もちろん》俺の立場上、様々な式典や晩餐《ばんさん》であなたと顔を合わせることもあるでしょう。ただ……

こういう形で、二人きりでは、もう会わない方がいい」

恵那から目を逸らしたまま、アヴェルスが言《げん》を継《つ》ぐ。

「あなたは、王の妻なのですから」

アヴェルスがそう言った時、恵那の中で一番大きく膨《ふく》れ上がったのは、悲しみよりも憤りだった。

いや、両方が同じくらい膨らみすぎて、どちらとも判別がつかない。

「今さら……」

大きな声を出したつもりだったのに、恵那の声は吐き出した息に紛《まぎ》れるほど微かなものになる。

「わかってるくせに」

八つ当たりなのかもしれない。すべてを決めたのはアヴェルスではない。アヴェルスはただ、決まったことを恵那に告げただけだ。そしてそれが『王子』としては正しい行動なのだと、恵那にだって理屈ではわかる。

けれども。

(俺があなたにどんな気持ちを持っているか、もうわかってるくせに)

そう詰《なじ》りたい衝動を止められそうにない。

(あなただって、俺のこと好きなんだろ)

それをアヴェルス自身が理解していないなんて、言わせない。

親が親なら子も子だと、恵那はいっそ笑いたくなった。国のためなら、望んだ妻以外の女を、余所《よそ》の世界から来た自分みたいな男まで王妃に仕立て上げることを選んだリュジス。国のためなら、心が通《かよ》ったとわかっているはずの相手から遠ざかることを選んだアヴェルス。

(でも俺には、そんなこと関係ない)

恵那はこの国に何の義理もない。勝手に連れてこられて、何を選ぶことも許されないまま義務だけを押しつけられて、初めての恋を奪われようとしている。

(じゃあもう、いっそ、全部ぶち壊してやる)

律儀《りちぎ》に全部隠そうとしていたのが、馬鹿みたいだ。どうして流されるまま、命じられるまま、リュジスやアコニやサージュたちの言葉に従っていたのか、自分でも可笑《おか》しい。

「俺は王妃なんかになれませんよ」

言いながら、恵那は頭にかけていたヴェールに手をかける。

それを毟《むし》り取って地面に投げ捨て、首からかけていたペンダントも、両手を使って外した。

「何しろ男なもので」

男なんかを王妃だと信じて惚れたアヴェルスを、いっそ笑ってやればいい。

自棄糞《やけくそ》気味にそう思って、衝動的に明かした直後に——恵那はもう、それをひどく後悔した。

アヴェルスは驚いた顔で大きく目を見開き、信じがたいものを見る眼差しで、恵那を見返している。

「……そんな、まさか」

彼らしくもなく狼狽《ろうばい》した声で漏らされた呟きを聞いた途端、恵那は歪《ゆが》んだ顔を伏せた。手に負えない悲しみが体の底から突き上げて、止めようもなく涙が溢れてくる。

(本当に馬鹿だ。それでも愛してるとか、そういうの、期待してたんじゃないか)

全部壊すつもりなんて嘘だ。真実を知っても、アヴェルスが自分を受け入れてくれることを望んでいた。こんなに驚かれて、尻込みするように後退《あとずさ》りまでされるとは思わなかった。

(もういい)

これでこっちだって、何もかも諦められる。アヴェルスは本気でエナ王妃を愛し始めていたかもしれないが、恵那悠一郎《ゆういちろう》なんてお呼びじゃない。気の迷いも冷めただろう。

(引き裂かれた恋人みたいな、綺麗な思い出になんかしてやらないからな)

内心の罵倒《ばとう》をアヴェルスに向けているのか、自分に向けているのか、恵那自身にもわからない。とにかくこの場に居続けるのが耐えがたく、身を翻《ひるがえ》し、アヴェルスの前から逃げ出す。

「ユウ！」

なのになぜか、アヴェルスに腕を摑まれた。反射的に恵那は振り返り、涙越しに相手を睨みつける。

「離せよ！」

男だということは自分から暴露したのだ。今さら淑女《しゅくじょ》ぶる必要もなく、全力で相手の腕を振り払おうと躍起《やっき》になる。だがこちらは元々一介《いっかい》のサラリーマンで、相手は職業軍人だ。力で敵《かな》うわけもなく、恵那はその場に縫い止められた。

「離せって言ってるだろ、どうせもう会わないって言ったのはそっちのくせに――」

「知らないと思っていたんですか」

「何が⁉」

泣き声を張り上げた時、強く腕を引かれて体のバランスを崩す。

転ぶ、と思って咄嗟《とっさ》に目を瞑《つむ》ったのに、恵那が感じたのは地面にぶつかる痛みではなく、温かいものに抱き止められる、力強い感触だった。

「……何で」

アヴェルスに抱き締められている。なぜ今さらそんなことをされるのか、わけがわからなくて、ますます泣き顔にならずにはいられない。後から後から涙が頬を濡らした。

「ど、どうしてこんなことするんですか。人のこと、遠ざけようとしておいて……っ」

「あなたを愛している」

「――」

耳許で囁かれた声に、恵那は先刻のアヴェルス以上に目を見開く。

「で……でも、わ……俺は、男で」

すっかり混乱して、恵那はアヴェルスの腕の中でもがくのに、アヴェルスは恵那を離すまいとするようにさらに腕に力を籠《こ》めている。

「はい。知っています」

「えっ？」

「知っていました。最初から」

「え……!?」

驚きすぎて、それ以上言葉が出てこない。

恵那はようやく無闇にもがくのをやめ、アヴェルスが腕から少し力を抜いた。

「さっきは、まさか……その、あなたがそれを俺に知られていないと思っていたことに、驚いて」

「え、え？」

「ユウが初めてここに現れた日、姿を見ればわかった」

「あ……？」

恵那はのろのろと地面に視線を落とし、土の上に転がっている赤い石のついたペンダントを見下ろした。

サージュたちの儀式で、このカルバスへと召喚《しょうかん》された日。

あの時は、まだこのペンダントがなかった。

『エナ様のお姿を知らぬ者には、女性のお姿に見える魔術が施《ほどこ》されているそうですわ。お声もそのように聞こえるとのことです』

アコニの言葉を思い出す。

初めてアヴェルスに出会った時、大きな布を頭から被《かぶ》らされてはいたが、スーツ姿の自分は、どうあっても女には見えなかったのだろうか。むしろ母親似の女顔を隠していたからこそ、男にしか見えなかったかもしれない。女性にしては長身であることも、肩幅があることも、男性としての歩き方も仕種《しぐさ》も、隠すべきものだとまだ言われていなかった。

（バ、バカか……!?）

自分の間抜けさに驚く。

それから恵那は、これまでアヴェルスの前で見せてきた自分の振るまいが、急激に恥ずかしくなった。

「じゃ、じゃあ、俺が必死に女性として振る舞おうとしている姿を、見て……」

「対外的に『王妃』でなければならないことは承知していたので、そうあろうと日頃から心懸《こころが》けているのだな、と……」

「……」

穴があったら埋まりたい、とはこのことだ。アヴェルスの前でヴェールを被り、女性らしい服装を身に纏《まと》い、女性らしい話し方を心懸け、男だと知られないよう必死になっていた自分の姿が、恵那の中で怒濤《どとう》のように思い出される。

「し……し、し、死にたい……殺してくれ……」

全身が火だるまになったような羞恥心《しゅうちしん》に包まれて呻《うめ》く恵那の顔を、アヴェルスがはっとした様子で覗き込んできた。

「何を」

蒼白《そうはく》になって恵那をみつめるアヴェルスは、だがすぐに、恵那が本気で自死《じし》を考えたわけではなく、ただただ恥ずかしさの限界を超えているだけだと気づいたらしく、微かに息を吐き出した。

「申し訳ない。俺の言いようで傷つけただろうか」

「……自分の間抜けさに驚いてるだけです」

答える声音が、どこか不貞腐《ふてくさ》れたようなものになってしまう。八つ当たりの逆ギレをした挙《あげ》句《く》、勘違いに気づいて不貞腐れる自分の態度にも、恵那は余計に恥じ入った。

「……でも」

消え入りたいような恥ずかしさの中、それでもどうにか、恵那は声を絞《しぼ》り出した。

「俺が男だって知ってたのに、アヴェルス王子は……」

愛している、と確かに言った。

すべて承知の上で、それでも、恵那に恋をしたことを打ち明けてくれた。

「……だが、許されない想いだ」

恵那はアヴェルスの目を見返そうとしたのに、アヴェルスは恵那からまた視線を逸らしてしまった。

「許すって、誰が?」

想いが通じているとわかっているのに、それを手放さなければならない理由が、どうしても恵那には思いつけない。

「最初から、俺は俺の意志でこの世界に来てないのに」

何ひとつ自分が望んだことではない。王妃になんてなりたくないし、王の子供なんて産みたくない。

「アヴェルス王子は自分の国のことだから、俺の気持ちなんてどうでもいいのかもしれないですけど」

再び、恵那の中で憤りが湧き上がってくる。恵那が男であることをアヴェルスが知っていようが、アヴェルスが恵那を愛していようが、恵那だってアヴェルスを同じように思っていようが、『王子』にとっては取るに足らないことなのだと、そう思うほどに腹が立つし、悲しくなる。

結局離れなければならない結論に変わりがないのなら、今抱き締められることに何の意味があるのか。

「俺以外の誰かの許しがないから捨てられちゃうんですね。アヴェルス王子の気持ちも、俺自身も」

みっともない言い回しをしているのはわかっているが、物わかりよく笑って離れることはできそうにない。

「俺は全然、ずっと、王子と一緒にいたいですけどね」

そう言いながら、恵那はアヴェルスの胸を押し遣《や》ろうとする。

だがそれを逃《のが》すまいとする強い力で、アヴェルスが恵那の背を抱き直した。

「国よりも」

抱き締められて嬉しいと感じることが悔しくてまた顔を歪める恵那の耳に、アヴェルスの苦しげな声が届く。

「あなたの方が大切だと口にすることが怖《おそ》ろしい」

恵那はアヴェルスの腕から逃れようとする動きを止めた。

「王を裏切らず、国を裏切らず、正しい騎士でなければと自分を戒《いまし》めてきた。母の名誉もある。誰にも疑われたくはない。王家の在《あ》り方を憎みはしても、父の子であり、この国の王子であることは、これまでの俺の生《い》き様《ざま》を形作ってきたものの根幹となっている」

「……」

リュジスが襲撃を受けたと知らされ、それを助けるために動くことが許されなかった時の、アヴェルスの深い憤りと悲しみを恵那は思い出す。

（……アヴェルス王子に、リュジス王――父親を裏切れるわけがない）

諦めと共にそう悟《さと》った。この国や親よりも自分を選べと詰め寄るのは酷《こく》なことだろう。

（俺だって、好きな人を追い詰めたくはないよ）

想いが通じたのであれば、それで満足するべきなのかもしれない。この世界に呼ばれなければ味わうこともなかった初恋だ。

（その経験だけを、大事に……王妃として、リュジス王の、子供を……――）

そう割り切ろうとしたのに、アヴェルスを苦しめないためにも諦めようとしたのに、その決意に反して、恵那の両眼からはボロボロと涙が零《こぼ》れ続けてしまう。涙のせいで前がよく見えないが、再びアヴェルスに、顔を覗き込まれている気がする。恵那は手の甲でぐしゃぐしゃになった目許や頬を拭《ぬぐ》いながら顔を逸らした。

「お、王子の気持ちは、わかりました。愛してるって言ってもらえただけで、もう、充分です」

笑え、と自分を叱りつけるのに、笑えそうにない。せめて泣き止《や》みたくても、その術《すべ》がわからない。

「恨み言みたいなことを言ってすみません。少しは国について勉強したから、あなたが王の妻なんて選べないことくらい、ちゃんとわかってるので」

「だがもう、王も国もどうだっていい」

恵那の言葉を遮《さえぎ》るように、アヴェルスの声がする。

「え――」

「あなたの涙が止められるのなら」

頬を、両手でそっと挟《はさ》まれた。

アヴェルスの顔が近づいてくるのを気配で察して、恵那は何も考えられないまま瞼を閉じた。すぐに唇に柔らかいものが当たる。アヴェルスの唇は優しく何度も恵那の唇に触れ、ついばむような動きを繰り返してから、やがて舌先で歯列《しれつ》を割って口腔に入り込んで来た。

温かな舌を口の内側に感じて、恵那は反射的に背筋を震わせる。未知の感触にわずかにたじろいでから、でもすぐに、その心地よさに陶酔《とうすい》した。

「……ぁ……」

初めてのキスだった。誰とも触れ合ったことのない場所を、アヴェルスの舌で探られる。どう受けたらいいかもわからず、されるまま小さく肩や背中をびくびくと小さく震わせ続けた。

(気持ちいい……)

舌を吸われて、頭の芯《しん》まで痺《しび》れたようになる。立っているのも辛くなり、いつの間にか縋《すが》るようにアヴェルスの腕を掴んでいた。

「……こんなに他愛《たわい》なくて。陛下にもさぞかし、あなたが可愛かったことでしょうね」

なぜここでリュジスが出てくるのかと、キスだけで腰砕《こしくだ》けになる体を持て余しながら、恵那

は内心首を捻《ひね》った。

そしてすぐに気づく。

(何でも何も、アヴェルスは、俺がリュジス王とやることやってるって思ってるから――)

リュジスが夜に何度も恵那の部屋を訪れていることを、城の中で隠す理由もない。

「……は、はじめて、です」

軽く上がった呼吸の中で、恵那は内心リュジスに詫《わ》びながら打ち明けた。閨《ねや》のことは秘密だと言われているのに。

「初めて?」

アヴェルスは恵那の言葉を信じられないというより、理解できないというように、眉を顰《ひそ》めている。恵那は小さく何度も頷いた。

「こういうことを、するのが」

「……あなたを物のように扱ったというんですか、父は」

何人も妻を持ってきた王の前で、恵那が未だに清い体だということが、やはりアヴェルスには理解できないのだろう。どうやら前戯《ぜんぎ》もなくただ子を作る行為だけを強《し》いたと誤解されているらしく、恵那は今度は、必死に首を横に振る。

「あの、俺が、覚悟を決められなくて……こ、怖がっていたら、リュジス王は、待ってくれて」

あながち嘘でもない。リュジスからはこちらに対する気遣いを感じていた。

「……獣《けだもの》のような交わりを強いたわけではないのか」

「け……っ、違います、全然、その、紳士でした。無理強いするようなことは、一切なかったし……」

最初の夜はベッドに押し倒されて肌を探られたり吸われたりしたが、それも暴力的とは言えないものだ。

「こういうことだけじゃなくて……ひ、ひとを好きになったのも、初めてです」

しどろもどろに言う恵那を見て、険《けわ》しかったアヴェルスの表情が和《やわ》らぐ。愛《いと》しいものを見る眼差しに、恵那もみとれた。

「――俺もです」

小さく笑って、アヴェルスが再び恵那の唇を塞《ふさ》いでくる。こんな慣れたようなキスをしながら、よくも恋が初めてだなんてことを言えるものだ。そう言おうとして小さく呻《うめ》いた恵那の唇から離れ、吐息がかかるほど間近で、アヴェルスが困ったように笑った。

「信じられませんか？　『アヴェルス王子』と恋仲になろうとする娘は貴族であろうと平民であろうと存在しない。王と神に背《そむ》き、次の王になれる目もない男になど、近づかぬよう両親から言い含められているでしょう。……俺も、疎《うと》ましげに自分を見る誰のことも愛せなかった」

「……でも、慣れてますよね」

言ってしまってから、恵那は自分の言葉の恥ずかしさに思い至って、赤くなる顔を伏せた。

「す、すみません。責めるようなものじゃないってわかってるんですけど」

「本当に、可愛い人だな」

「は……」

頬に触れられ、また愛しげにみつめられて、恵那は言葉を失うどころか、身動きすら取れなくなった。改めてアヴェルスの整った容姿に圧倒される。褐色《かっしょく》の肌も、緑色の髪も瞳も、恵那にとっては馴染みのないもののすべてがあまりに綺麗で、なぜかまた泣きたくなってくる。

泣けばアヴェルスを心配させる気がして、恵那は自分からアヴェルスの首に両手を回した。アヴェルスも、今度は恵那の腰を緩《ゆる》く抱き直しながら、再び唇を寄せてくる。

喜びと緊張で目が眩《くら》んで、恵那はうまく応《こた》えることもできず、アヴェルスの接吻《くちづ》けをただされるまま受けた。さっきよりももっと大胆にアヴェルスの舌が恵那の唇を割って入り込んでくる。キスだけでこんなに気持ちよくなれるものだとは知らず、恵那は口中《こうちゅう》を探られるたびに背筋を震わせ、そんな自分の反応が恥ずかしくて、さらに頭がくらくらする。

「――あの、アヴェルス王子、ちょっと、もう、無理で」

また腰砕けになって、立っていられそうもなくなってしまう。キスの合間、訴えるように呟くが、アヴェルスは止めてくれる気配もなく、むしろより執拗《しつよう》な動きになって恵那の口中を探るばかりだ。

「んっ、……ぅ、……」

アヴェルスを抱き締めるというよりも、縋りつくような仕種になってしまう。

「……お、王子、本当にもう……」

「立場ではなく、名だけで呼んでほしいと言いました」

こちらは息も絶え絶えなのに、アヴェルスの方は余裕すら感じられることに、恵那は少しだけ腹が立った。

「アヴェルス」

だから自分だって相手を多少は照れさせてやりたいと、挑《いど》むように声にしてみたつもりなのに、アヴェルスがあまりに嬉しげに微笑《ほほえ》むものだから、恵那の方がますます気恥ずかしくなってしまう始末だ。

「あなたが愛しくて、どうにかなってしまいそうだ」

「そ……そんなの、こっちの台詞《セリフ》です」

まごつきながら言い返した恵那を、アヴェルスが強い力で抱き寄せてくる。

「――本当に、あなたを攫《さら》っていってしまおうか」

「……」

「私を拒《こば》む国も人々も、あなたに比べれば何の価値もない。何よりあなたを望まぬ王妃という立場から解放したい。……俺以外の誰かがあなたの肌を曝《あば》くと思うだけで、気が触れそうだ」

恵那もアヴェルスを抱き返す腕に力を籠めた。アヴェルスの温かさと香りがより間近になる。

人を好きになるとこんなにも心がかき乱されるものなのかと、その心地よさも辛さもいっぺんに味わわされている。

（アヴェルスがそう言うなら、俺だって、そうして欲しいけど）

二人で一緒にどこかに行ってしまいたいと、恵那もすぐに頷きたかった。

「……だが俺には、あなたにかけられた魔法を解《と》く術がない」

苦しげな声でアヴェルスが言う。恵那は泣き声を立てないようにと、奥歯をきつく噛み締めながら頷いた。

王家の秘術とかいうものが、恵那の体を侵《おか》している。王の子を宿さなければ、恵那自身の魔力を喰われて死んでしまうのだ。

（でもアヴェルス以外の人と結ばれなくちゃならないなら、いっそそうなってしまっても）

「それでも、諦めはしません。母の遺《のこ》した荷物の中に、ナイアンの魔術書や彼女の覚え書きがある。そこに何か術が記《しる》されていないか探してみます」

どうせ一人で死ぬはずの人生だったのだからと恵那が覚悟を決めかけた時、それを打ち砕くように、低く力強い声でアヴェルスが言った。

「よりによって魔術の使えない俺では、何ができるかはわかりませんが」

「……俺も、できる限り調べてみます」

魔力を持たないというアヴェルス以上に魔法の知識がない自分にも、何ができるかはわからない。これまで苦労していくつか目を通してみた魔術書は意味がほとんどわからないまま、それもごく初歩的なものばかりで、当然ながら王家の秘術などというものに関して気軽に触れられないことも承知の上だ。

それでもアヴェルスが諦めはしないと言ってくれたから、恵那は死んでもいいという決意を、もう翻した。

「……さすがにそろそろ戻らなければ、あなたの侍女に怪しまれますね」

いつもの散歩の時間をとうに過ぎている。そう言いながらもアヴェルスはなかなか恵那から体を離さず、恵那も自分から離れることができず、しばらく二人で黙ったまま寄り添った。

溜息をついてから、どうにか体を抱く力を緩めたのは、アヴェルスの方が先だった。

「行ってください。ここで俺が王妃を略奪する気だなんてことが明るみに出たら、手の打ちようもなく引き離される」

略奪、という言葉で怯《ひる》むどころか舞い上がる自分は、恋のせいでどうにかしてしまったんだろうと恵那は思う。

「明日また、ここで。今晩もどうにか、王との夜を凌《しの》いでください」

「は、はい」

頷く恵那の額の髪をアヴェルスの手が掻き上げ、そこに接吻けが落とされる。

「ではまた」

あとは未練を見せない潔《いさぎよ》さで、アヴェルスが踵《きびす》を返すと、すぐに姿を消した。

恵那はしばらくアヴェルスが去っていった先をみつめてぼうっと立ち尽くしてから、ようやく我に返り、地面に投げ捨てたヴェールやペンダントを拾い上げて、自分も部屋に戻るために歩き出した。

10

その夜もリュジスは部屋を訪れ、例によってアコニや女官たちに身を清められ、肌に香油を塗り込められた恵那《えな》は、いつも以上に緊張してしまった。

(い、いつも通りなら、別に手出しはされないんだから……)

妙な態度を取って、万が一にもアヴェルスとのことを勘繰《かんぐ》られるわけにはいかない。そう思うほど、どうもぎこちなくなってしまうのが情けない。

「——疲れているのか」

とにかく余計なことを言わないようにしようと、ソファに腰を下ろして唇を引き結んでいると、ベッドで果実酒を口に運んでいたリュジスに問われてしまった。

「いやっ、全然……あの、王様の方が、お疲れみたいですけど」

慌てて答えるが、実際リュジスはどことなく疲れた風情《ふぜい》だった。

まだナイアンへの対応や、それに王妃お披露目《ひろめ》の祝賀に関する準備で忙しいのだろう。ナイアンの使節団の来訪は二週間後に決まってしまった。

(ナイアン以外の国の偉い人まで大勢来ることになったって聞くし……胃が痛い……)

王妃として正式に知られれば、もうどうあってもアヴェルスと添い遂《と》げることなどできるはずがない。

(たった二週間で、どうにかできるのか……)

頭を抱えたい心地でいると、不意に目の前が翳《かげ》った。驚いて顔を上げたら、目の前に果実酒の入ったグラスを両手にしたリュジスがいる。

驚く恵那の隣に、リュジスが腰を下ろし、グラスの片方を恵那に手渡してくる。

「飲めばよく眠れる。近頃、深く眠れていないのであろう」

「……あ、ありがとう、ございます……」

リュジスは毎晩ぐっすり眠っていると思っていたが、恵那が隣で煩悶《はんもん》していることに、どうやら気づいていたらしい。

それきりリュジスは果実酒を飲むばかりで何も言わずにいたが、恵那は何だか肝《きも》が冷えた。

「王様は、寝ないんですか?」

おそるおそる訊ねると、厚い髭《ひげ》の向こうでリュジスがふと笑った気がして、恵那はますます冷や汗が出てくる心地で俯《うつむ》いた。

「改めての礼を言い忘れた。余《よ》が不在の折、おまえは熱心に礼拝堂に通っていてくれたとサージュより聞き及んでいる」

「ああ……はい、まあ、それくらいしかできなかったので……」

「アヴェルスも」

「……ッ」

不意にその名を聞いて、恵那はグラスを取り落としそうになる。危うくのところで堪《こら》えた。

「口さがない者はこれ見よがしの演技だと謗《そし》っていたようだが、形ばかりであれど日に何度も祈りに時を費《つい》やしたことは事実だ」

「形ばかりのはずがない」

黙っていられず、恵那はグラスを両手で持ち直しながら、怒りを含んだ声で言った。

「アヴェルスは本気であなたを心配していました。自分が助けに行けないことを悔しがっていましたよ。あなたまでそんな噂を信じるんですか」

顔を上げてリュジスを睨もうとした恵那は、相手がじっと自分を見ていることに気づいて、軽く息を飲んだ。慌てて、再び顔を伏せる。

「随分、息子と懇意《こんい》にしてくれているらしい」

「……え」

「共に狩りに行ったのだと聞いている」

「あ、あー……はい、馬とかに乗って、鳥っぽいのを、こう……」

焦《あせ》るあまり、自分が何をどう受け答えしているのかも、恵那にはわからなくなってくる。

「あれも本当に不憫《ふびん》な子だ。異界の賓《まろうど》たるおまえであれば、この国の者よりも話が合うのかもしれぬ」

「――」

それはどう意味なのかと、怖《おそ》ろしくて、問い返せない。

恵那がただ身を強張《こわば》らせているうち、リュジスは果実酒を飲み干すと、ソファから立ち上がった。あとは何も言わずにベッドに横たわっている。

（……まさか……アヴェルスとのこと、気づいてる……のか……？）

庭でのことを、あるいは礼拝堂でのやり取りを、誰かに見られていたのだろうか。自分は知っているのだと、リュジスに釘《くぎ》を刺されたのだろうか。

冷や汗が止まらない。恵那は震えながら果実酒を一気に飲み干したが、結局この夜も、ろくに眠れなかった。

◇◇◇

寝不足でぐったりしている恵那を襲ったのは、浮かれた様子で部屋に入ってきたアコニの元気な声だった。

「王妃様、お出かけの支度をなさいませ！」

「は……お出かけ……？」

「お喜びください、城館から離れる許可が出ましたわ！　王都を出て馬車で少し行ったところに、子宝を授《さず》かることで有名な女神を祀《まつ》った礼拝堂がありますの！」

「……子宝……」

いつもの女官たちも部屋に入ってきて、呆然とする恵那をあっという間に着替えさせ、出かける準備が調えられてしまった。

「あの、今日はあんまり、具合がよくなくて」

子宝祈願など、気が進まないにもほどがある。恵那はどうにか逃れようと言い訳をしてみたが、アコニは頑《がん》として譲らなかった。

「まあ、お加減がよろしくないのでしたら、なおさら参りませんと。些細《ささい》な病《やまい》や怪我などたちどころに治すという湧水《ゆうすい》も近くにありますから」

結局ささやかな抵抗虚《むな》しく、恵那は箱馬車の中に押し込められてしまった。お忍びということで、あまり目立たない格好で分厚《ぶあつ》いヴェールを被《かぶ》せられたことが不幸中の幸いだ。リュジスとの子宝など、どんな顔で祈願すればいいのか。

溜息ばかり吐いているうちに、馬車がその礼拝堂とやらに到着した。

何となくこぢんまりした寺社《じしゃ》のようなものを想像していたが、目の前にあるのはかなり大きな礼拝堂、というよりも神殿と表現した方がいい建物だ。巨大な円柱に取り囲まれたような白《はく》亜《あ》の大神殿。この中に、アコニの言う礼拝堂があるのかもしれない。

「なるべく顔を伏せてお進みなさいませ」

馬車を降り、恵那は言われた通り目立たないよう顔を伏せて神殿の門をくぐった。中には恵那たちと同じ目的でやってきたらしい男女や母娘《おやこ》連れの姿がちらほらあった。それより多いのがサージュのような服を身に纏《まと》った魔術師だか神官だか、それに腰に剣を帯《お》びた騎士たちの姿だ。

「何でこんなに、騎士が……？」

「魔術騎兵を輩出《はいしゅつ》することで有名な一門の治める神殿だからですわ」

恵那の呟きを聞き止めて、少し後ろを歩くアコニが教えてくれた。

「彼らは基本的にはカルド神に仕《つか》える神官ですけれど、この辺りの土地を守る自警隊も兼ねております。有事《ゆうじ》の際には、王軍にも組み込まれて戦いに向かいますの」

「魔術騎兵……」

恵那は何となく、アヴェルスの部下だというグレイのことを思い出した。彼も馬に乗っていたし、魔法が使える。そもそも戦場というものが恵那にとって現実味が薄く、魔術騎兵なんてゲームか映画のようだなと、ぼんやり考えていた時。

（……あれ？）

ふと違和感を覚えて、恵那はヴェールの隙間からきびきびと背筋を伸ばして歩く騎士の一人に目を留めた。

魔術師というより剣士と呼んだ方がよさそうな、四十がらみの屈強《くっきょう》な男。

その男からは、何の色も見えない。

慌てて、恵那は周りを見渡した。アコニは外出が楽しいのか子宝祈願が嬉しいのか少々浮かれた色。寄り添うように歩く夫婦連れは大抵《たいてい》不安と期待の滲《にじ》んだ色。魔術師や騎士たちからは、厳粛《げんしゅく》さと退屈さを持て余している時の独特な色。

他の誰からもいつもどおり感情の色が読み取れるのに、その男の色だけが恵那にはわからなかった。

（アヴェルスと同じ――）

「エナ様？」

立ち止まってしまった恵那に、怪訝《けげん》そうなアコニの声が呼びかける。

「あのっ、向こうにいる人、あの男性は」

「え？　――ああ、あれは王都でも名高い魔術騎兵ですわ。先日陛下をお救いに向かった部隊でも、他の魔術師と騎士を率《ひき》いて行ったとか……あらっ、エナ様⁉」

恵那はアコニの言葉を最後まで聞く前に、その場から駆け出した。

高名な魔術騎兵だという男は、慌ただしく走ってくる恵那を見てひどく驚いた顔になっていたが、すぐに我に返った様子で、なぜかその場にスッと跪《ひざまず》いた。恵那の方が面喰《めんく》らってしまう。

「あの……」

「どなたかは存じませんが、さぞ名のある魔術師殿とお見受けいたします」

――では彼には、恵那にサージュたちが言うとおり『莫大《ばくだい》な力』があることが見えているのだろう。

そしてそれがわかる人間も、やはり相当な魔力を持っているはずなのだ。

「あなたからは魔力が感じられないんです」

どう訊ねたものか迷いながら、恵那は男に言った。

「なぜですか。あなたもかなり強い力を持つ魔術師なんですよね」

「ああ」

男は恵那を見上げ、何でもないことのように笑った。

「私は力が強すぎて、戦場で目立ってしまいます。前線に出るのが仕事の魔術騎兵ですから、あっという間に敵の魔術師の餌食《えじき》になる」

アコニが恵那の後ろに追いつき、何ごとかと困惑した様子の視線を向けてくるのがわかったが、恵那には構っていられない。

「なので魔術で魔力を封じているのです。勿論《もちろん》、いざという時には惜しみなく解放できます。日頃から『おまえの魔力がうるさい』と口の悪い同僚たちに責められるもので、戦場以外でも日常的に魔力を抑《おさ》えられるようにしているんですよ」

「――そんなことが、できるのか……」

「訓練次第で、ですね。私もこの歳になってようやくコツが掴めてきたくらいです。まあ若くてさほど力のない者や、後方支援職の魔術師には、不必要なものですが」

「……」

間近でよく見れば、うっすらと、男の体からは誇《ほこ》らしげな色が浮かんでいる。

完全に見えないわけではないらしいと気づいて、恵那は少し我に返った。

男に急に呼び止めた詫《わ》びと礼を告げて、再び礼拝堂へ向かう道へと戻る。アコニは突然見知らぬ男に声をかけることについてあれこれ文句を言っていたが、恵那はすべて聞き流した。

(やっぱりアヴェルスみたいに全然見えないって人が、他にいるわけじゃないんだなあ)

先刻の魔術騎兵は、むしろ力が強すぎるがゆえに、日頃は封じることを選んだのだ。まったく色が見えないアヴェルスとは違った話のようだった。

(……まあ今さら、他にアヴェルスみたいな人がいるってわかったところで、何がどうって話じゃないか……)

最初にアヴェルスが気に懸《か》かったのはそもそも彼の心が見えなかったせいだが、だからといって、それで彼に想いを寄せたわけではない。もし同じような人が彼の他にいたとして、恵那にとってはもう何も変わらない。

(お互いちょっとはつき合い易《やす》いだけ、ってくらいかな)

だがあの魔術騎兵の感情は、結局読み取ることができてしまった。

何にせよ自分にとってアヴェルスは唯一無二の存在であることを確かめただけな気もしなが

ら、恵那はまったく気の進まない礼拝を行うため、アコニに急《せ》かされて礼拝堂に続く道を進んだ。

◇◇◇

礼拝を終えて帰った後から、恵那には自由になる時間がまた極端に減ってしまった。

一度は及第点《きゅうだいてん》を得て休んでいたお妃《きさき》教育が再開され、お披露目のための衣装合わせや手順の打ち合わせ、来賓客《らいひんきゃく》の名や地位を覚える作業なども加わって、なかなか休む間もない。ダンスの練習も再びだ。

夕方になれば、いつも以上に念入りに、リュジスを迎えるための支度をさせられた。

「でも、よろしかったですわ、エナ様」

ここを訪れてからの日数分伸びた恵那の髪に花の香りのする油を塗り込めながら、鏡越しに恵那を見るアコニはどこか上機嫌だ。

「何がですか」

恵那の方は、確実にお披露目の時が近づいているという焦りばかりが募《つの》るというのに。

「だってようやく、陛下のご寵愛《ちょうあい》をいただきましたでしょう?」

「んっ」

思わず咳《せ》き込《こ》みそうになるのを、恵那はすんでに堪えた。

「な、なにを……」

「おっしゃらなくてもわかりますわ。最近のエナ様のお美しさときたら。肌にも張りがあって、頬には赤味が差して、瞳は潤《うる》んでいらして……なのにあまりお休みになれないように、少々お窶《やつ》れになって。ふふっ」

「……」

アコニはどうやら、恵那が無事リュジスとの初夜を名実共に迎えたのだと思い込んでいるらしい。

「やはり女性であれ男性であれ、肌を重ねれば相手の御方に愛情を感じるものでございましょう？　強く求められれば満たされますもの。満たされれば、美しく、艶《あで》やかになるものですわ」

恵那は慌てて鏡に映る自分の姿を見た。変わらない女顔。ここに来て間もない頃の、現実味が薄く不安ばかり浮かべていた冴《さ》えない表情よりは、たしかにどことなく輪郭《りんかく》がくっきりしたような気が、しなくもないが。

（でもやっぱり何だか頼りなくて、泣き出しそうな顔だ）

美しくなったとか艶やかになったとかは、さっぱりわからない。だがアコニの目にはそう映っているらしい。

（……まさか王様にも、それで勘づかれてる……？）

アヴェルスとは、想いが通じ合い、接吻《くちづ》けを交わしたあの日以来、二人きりで会っていない。城館の中で姿を見かける時はたまにあったが、お互い無言で会釈《えしゃく》をしてすれ違うだけだ。王妃と王子の立場であれば、二言三言交わしたところで不自然ではないだろうが、声を聞けば想いが溢れて周囲の人に露顕《ろけん》してしまいそうなのが怖ろしく、何も言えずにいた。きっとアヴェルスも同じような気持ちなのだろうと恵那にもわかる。晩餐《ばんさん》の時も、アヴェルスは恵那との同席を避けている。

(どうしよう。何も対策ができてない)

どうにか隙を作って魔術書を読もうとしても、疲れていてちっとも頭に入ってこない。何とかして、せめてアヴェルスと会って話がしたかった。向こうはどうなっているのだろう。何か魔法を解《と》く手懸かりが見つかったか、それだけでも知りたい。

お披露目まで一週間を切り、耐えかねて、恵那は無理矢理時間を作って庭に出た。アコニは渋っていたが、このままではストレスで限界だと訴えたら、どうにか許してもらえた。

だが昼もとうに過ぎ、いつもアヴェルスと落ち合っていた時間からははるかに遅れてしまった。庭の迷路を進んだところで、ベンチにその姿があるわけもない。

(今は……騎士の訓練とかか?)

日頃は戦いに向けてのトレーニングや模擬戦《もぎせん》などを行っているらしい。他にも、与えられた領地を治めるための事務仕事をしたり、気晴らしに狩りに出かけたり——。

（さすがに訓練場とか、王子が住んでるっていう棟に行くわけにもいかないか……）

アヴェルスに会いに行く姿を見られれば、周囲の人間に怪しまれるだろう。『エナ王妃』のお披露目の際には、アヴェルスも国民の前に姿を見せるために同席する予定ではあるが、ただその場にいるだけなので、打ち合わせの口実《こうじつ》も使えない。

それでもどこかで会えはしないかと、恵那は未練がましく、庭のあちこちを歩き回った。時々近衛兵《このえへい》と遭遇すれば大仰《おおぎょう》な挨拶《あいさつ》をされるので、なるべくすれ違わないように、こそこそと人目につかなそうな場所を歩く。

生け垣《いがき》の側《そば》を進み、花壇の横を身を屈《かが》めて歩き、城館のどれかの棟の影に沿って歩くうち、微《かす》かに鼻を突く臭いを感じて恵那は軽く眉を顰《ひそ》めた。動物園にいる時のような臭いだ。

（馬……？）

いつの間にか、入ったことのない裏庭の方に入り込んでいたらしい。臭いがする方から、かすかに馬の嘶《いなな》きの声も聞こえてくる。どうやら厩舎《きゅうしゃ》か何かがあるようだった。何となく興味を惹《ひ》かれてそちらへと向かう。そのうち柱と屋根が木で組まれた馬小屋が目に入った。馬の細い脚が柱の隙間に見える。馬の方からは、ぼんやりと喜びの感情が浮かんでいるのが見えた。そばに誰かいるらしい。馬の脚の隣に革の長靴《ちょうか》が見える。だが、その人物からは何の感情の色も読み取れない。

「あ……」

恵那は思わず駆け出した。馬小屋の前まで辿《たど》り着いた時、ちょうど大きなブリキのバケツをぶら下げたアヴェルスが中から姿を見せるところだった。騎士装束《しょうぞく》の上着を脱ぎ、シャツの腕をまくり上げている。

「――ユウ」

驚いたように目を見開くアヴェルスの前まで駆け寄って、恵那は一杯に顔を綻《ほころ》ばせた。

「よかった、会えました」

手を伸ばす恵那から、アヴェルスが後退《あとずさ》るようにして身を躱《かわ》した。

「……アヴェルス？」

「失礼、少々、汚れているもので」

アヴェルスが珍しく慌てている。

「たった今、こいつの馬糞《ボロ》を外に掻《か》き出したところで……」

そう言ってアヴェルスが背後を振り返ると、漆黒《しっこく》の巨大な馬が何か誇らしげに顎《あご》を持ち上げ、また嘶いた。

「別に気にしません」

「俺が気にする。手を洗うので、待っていてください」

アヴェルスは馬小屋近くの井戸に向かい、汲《く》み上げた水と石鹸《せっけん》で念入りに手を洗ってから、空《から》のバケツに水を流し入れた。

「こんな場所まで、よく入ってこられましたね。あなたの暮らす城館からは随分離れているのに」

「あれ、そうでしたか。あまり人に会わないように、目立たない道を選んでるうちに……」

言いながら、恵那は『だからこそアヴェルスがここにいるのだ』と気づいてしまい、急に胸が痛んだ。一国の王子であるのに、まるで人目を避けるようにして、愛馬の世話をしている。

「静かでいいでしょう。邪魔は入らず、余計な雑音も聞こえずに、可愛い馬とだけ話ができるから幸福だ」

沈んだ顔になる恵那に気づいたように、冗談めかした口調でアヴェルスが言った。恵那が顔を上げると、優しい微笑《ほほえ》みを向けてくる。

「自慢の馬です。先日あなたを乗せて駈《か》けたことを、あいつもさぞ光栄に思っていることでしょう。挨拶をいただけますか」

アヴェルスがバケツを持って再び馬小屋に入り、恵那もおそるおそるその後に続いた。

「こんにちは……？」

恵那が声をかけると、黒馬は挨拶に応《こた》えるように鼻面《はなづら》を恵那の方に近づけてきた。そっと触れてみると、馬は大人しくしている。

「物怖《ものお》じなさらないんですね。こいつは戦馬《いくさうま》にしても大きな方だから、騎士ですら最初は尻込みすることがあるのに」

「機嫌がよさそうなのがわかりますから。あなたを心から信頼しているようです」

「動物も、わかるんですね」

「はい。アヴェルスのことが大好きみたいですよ」

笑って馬からアヴェルスに目を移そうとした時、不意打ちで唇を奪われた。

「――失礼。あなたにそう言われた気がしてしまって」

笑い含みで言うアヴェルスに、恵那は顔が熱くなるのを感じる。困った挙句《あげく》、相手を睨むような眼差しになってしまう。

「……もっと堅物《かたぶつ》かと思っていました。いつも怖い顔をしていたし」

「恋が俺の頭を馬鹿にさせているんですよ。浮かれているような場合ではないとわかっているのに……あなたに会えて、嬉しい」

「……」

恵那は邪魔なヴェールを肩に落とし、自分からアヴェルスの方に身を寄せた。アヴェルスもすぐに恵那の腰を引き寄せ、再び唇を塞《ふさ》いでくる。まだ慣れないキスを交わしながら、恵那は何となく気がひけて、黒馬の方を横目で見遣《みや》る。

「あ、あの、すごく見られている、気が」

遠慮がちに相手の胸を押し遣ると、恵那から唇を離したアヴェルスも、愛馬に視線を向けた。

「何だ、やきもちか?」

黒馬が鼻を鳴らす。よほど強い感情でなければ動物の心は読み取れないのだが、「何言ってんだこいつ」という意志を、恵那は何となく馬の方から感じた。

「向こうに行きましょう。特等席があるんですよ」

そう言って、アヴェルスが恵那の腰を抱いたまま、小屋の奥へと誘う。馬小屋は他にもう何頭か馬を納めても余るような広さだったが、中にいるのは黒馬だけだ。小屋の隅には飼葉《かいば》らしき干し草が高く積まれている。アヴェルスはそこに近づくと、そばに干してあった大きな布を広げて、草の上に敷いた。

「どうぞ」

促《うなが》されるまま、恵那は布の上に腰を下ろす。

「ハイジのベッドだ」

子供の頃に地方局の再放送で見た大昔のアニメを思い出して呟くと、アヴェルスが不思議そうな目を向けてきた。

「干し草のベッド、結構憧《あこが》れだったんです。まさかここで体験できるなんてなあ」

「子供の頃から、嫌なことがあると部屋を抜け出して、ここに潜《もぐ》り込んで眠りました」

こんもりと盛り上がっているから、ベッドというよりは大きなソファのような干し草の上に、アヴェルスも腰を下ろす。柔らかい干し草が沈んで、恵那の体がアヴェルスの方に少し傾いた。それを支えるように、アヴェルスがまた恵那の腰を抱いてくれた。

「俺を危険な人間だと怯《おび》えた目で見たり、信仰がないと蔑《さげす》んだりすることがない馬たちだけ、生涯愛していくんだろうなと思っていましたよ」

「馬に勝てるかな……」

立派な体軀《たいく》と艶《つや》やかな毛並みを持った馬は、アヴェルスにとってはきっと宝石よりはるかに価値のあるものなのだろう。

「まあ馬は、別格ですね。人間なんかと比べるものじゃない」

「それもそうか。俺のいた世界でも馬はすごく高価で、馬を載せた乗り物の前に人が飛び出してきた時は、急に停まって馬が怪我をしないよう人の方を轢《ひ》くとか」

「あなたも俺にとっては別格ですが」

「……そう、ですか」

惜《お》しみなく愛情を向けてくるアヴェルスに、慣れない恵那はひたすら照れてしまう。

「母の遺品をできるだけ調べてみました」

アヴェルスが声をひそめて言うので、恵那は弛《ゆる》んだ顔を引き締めてから、間近にある相手の顔を見た。

「……残念ながら、手懸《てが》かりは特に。あなたにかけられた魔法は、この国特有のものなのだと思います」

「そうか……秘術、って言ってましたよね。何代か前の王様に、ええと男色《だんしょく》の人がいて、血を絶やさないために編み出されたとか……」

「素直にそこで途絶えておけばよかったものを」

微かに不機嫌な調子で呟くアヴェルスの膝を、宥《なだ》めるようにそっと恵那は叩いた。

「そう言わないでください。そんなことになれば、俺はアヴェルスに会えなかったんだから」

「……」

恵那を見て、ふと、アヴェルスが口を噤《つぐ》んだ。

アヴェルスを傷つけてしまったのかと、恵那は焦《あせ》る。

「すみません。無神経なことを言ってしまいましたか？」

「いや……あなたは、当然のように私がカルバス王家の血を継いでいると思っているようなので」

王家の血が絶えればアヴェルスに会えなかったというのは、そういう意味になるだろう。

「でもアヴェルスも、そうだって信じているんでしょう？」

実際のところはヒンメル自身にしかわからないことなのかもしれない。いや、万が一リュジス王と同時期に別の男と不義を働いていたのであれば、ヒンメルにすらどちらの胤《たね》なのかわからないものかもしれないが――。

（でも、アヴェルスが言うような『自尊心の高いお姫さま』が、愛されない腹癒《はらい》せのために王様以外の男とどうこうっていうのも、印象が合わないんだよなあ）

直接ヒンメルを知るわけではないのだから、本当に、ただの印象でしかないのだが。

（それに自分が王妃として暮らした実感で、もしそんな相手がいたら、多分いずれ周りにはバレる……ような……）

美しくなったというアコニの言葉、それにリュジスの態度を思い出し、恵那は微かに身震いした。そう、いずれ、アヴェルスとの関係が露顕《ろけん》することがあるかもしれない。多分自分は、アヴェルスへの想いを隠しきれるほど器用ではない。何しろ初めての恋なのだ。

（バレたら、どうなるんだろう……）

ただの不義ではない。王妃と王子という立場で王を裏切るのであれば、不敬罪にも問われるものだろう。恵那のいた世界だって、国によっては不敬罪で死刑どうこうという話題が出る。最悪の場合殺されるのか、それとも投獄されたり、辛い労働でも強《し》いられるのか、あるいは肉《にく》刑《けい》とか――。

冷や汗をかきながら考え込んでいた恵那は、自分の隣でアヴェルスも口を噤み、思いに耽《ふけ》っている様子であることに、ようやく気づく。

「アヴェルス？」

「……あなたには、伝えておくべきなんだろうか」

問うように声をかけると、小屋の向こう側に視線を投げかけながら、重たい口調でアヴェルスが低く呟いた。

「何をですか？」

恵那の方を見ないまま、溜息のような息を吐いてから、アヴェルスが言《げん》を継《つ》ぐ。

「私が真実、リュジス王の子であるということについて」

それは恵那も信じていると、たった今話したばかりだ。だがアヴェルスの態度から、もっと他に言いたいことがあるのだと察し、恵那は黙って先を待つ。

「あなたにかかった魔術を解くためにと母の遺品を調べるうち、魔術書の一部が切り取られていることに気づきました」

「切り取られてた？　何でまた……」

「魔術書はほとんどがナイアン王家に連《つら》なる魔術師にのみ伝えられた古い文字で記《しる》されていて、そちらにはまったく明るくない俺には、意味のわからない部分が多かったんですが……その切り取られた部分にどんな魔術について書かれていたのか、察しはつきました」

「どんな魔術ですか？」

もしかすると自分のこの状況を何とかできる方法が記されていたのだろうか。身を乗り出して訊ねた恵那に、アヴェルスは浮かない表情を見せている。

「おそらく、俺にかけられた魔術の解き方です」

「え？」

あまりに思いがけない返答に、恵那は目を見開いた。

「アヴェルスにかけられた……魔術……？」

「はい。俺が生まれた時に、我が母ヒンメルが、生涯すべての魔力を投《とう》じて行った魔術です。カルドの血を引くカルバス王家の魔力を、ナイアン王家の魔力と共に、この身の奥に封じるように」

「――」

数日前、初めて王都を出た先で訪れた神殿を、恵那は思い出した。

そこで会った魔術騎兵。力が強すぎるがゆえに、戦場で目立たないよう、魔術でそれを隠していると。

それでも彼の感情は辛《かろ》うじて見ることができたのに、アヴェルスのものはどう目を凝《こ》らしても見えないのだ。戦場で必要なら魔力を解放できるというあの魔術騎兵と違い、アヴェルスはどんな時でも、少しもそれが使えないよう、強い魔術で封じられているというのか。

「母は自分があの男の子供を産んだことが許せず、何としても世継ぎになどなれないよう、俺を産んですぐに魔術を使いました」

苛烈《かれつ》なほど美しく、気位の高かったヒンメル王妃の誇《ほこ》りは、自分がシエロ王妃の二の次、その身代わりであることに耐えられなかった。

リュジスやカルバス王家の望んだ通りのことなど、死んでもしたくなかった。次の王になる者を産むだけの立場になる自分が、どうしても許せなかった。

（そうだ。母親だって強い魔力があるのに、リュジス王の血を引いてないっていうだけでまったく魔力がなくなるなんて、最初からおかしな話だったんじゃないか）

魔力だの魔術だのに疎《うと》い恵那には、すぐに気付けなかったが。

信仰心がないせいなんかじゃない。すべて、ヒンメルの魔術のせいだったのだ。

「己の魔力で俺の魔力を封じる、命懸《いのちが》けの術です。彼女が早々に命を落としたのはそのためだ。自殺か、と問われればそうかもしれないと俺は答える。たとえ自分が死んでも、俺がカルバスの次の王になることを阻《はば》みたかった」

「……そんな……それを、あなたは、ずっと知っていたんですか……？」

掠《かす》れた声で問う恵那に、アヴェルスが頷いた。

「母が死ぬ直前に、本人の口から聞きました。リュジス王への怒りと憎しみ、何としても息子《おれ》をカルバス王家になど渡してなるものかという、呪《のろ》いのような言葉と共に」

そう言ったアヴェルスに、恵那は以前彼から聞いた言葉を思い出し、きつく奥歯を噛み締めた。

『母と視線を交わし、言葉を交わした記憶は、ただ一度きりです。それも、いっそ忘れてしまえればよかった』

それはたしかに、アヴェルスにとって、呪いのような言葉でしかなかっただろう。

「誰かに言わなかったんですか。自分が王の子であることも、ヒンメル王妃が不義など働いてないっていうことも」

「絶対に誰にも解くことの出来ない魔術だと、彼女はそう言っていましたから。実際リュジス王も魔術師たちも、誰一人として俺にかけられた魔術に気づくことすらなかった。あなたを異界から召喚《しょうかん》できるほどの魔術師たちをもってしてもです。ないものをあると証明するのは至難《しなん》の業《わざ》だ」

「でも、その魔術書を見せれば」

「俺だってその時にはもう、父にも、この国の人々にも、失望しかしていなかったんですよ。母が望んだことであれば隠し通そうと決めました。今さらリュジス王を父上と呼ぶ気にはなれなかった」

『きっとあの方は、ご自分のお母上を殺したのが陛下だと思い込んでいらっしゃいますから』

前に聞いたアコニの言葉を、恵那は再び思い出す。

アヴェルスはリュジスを母親の敵と思っているのだろうか。

だとすれば、何て悲しいことなんだろうと、恵那は泣きたくなってくる。

「……ああ。ユウにそんな顔をさせたくないから、話すかどうか迷っていたんです」

初めて出会った頃を思い出させるような冷淡な表情になっていたアヴェルスが、情けなく歪《ゆが》んだ恵那の顔を見て、苦笑を浮かべる。

「どうせそのうち、王が新たな王妃を作って子を産ませるだろうということは、わかりきっていました。遅かれ早かれ自分は王宮を出て行くことになるだろうと。幸い剣の腕に恵まれていたし、魔術が使えないことに不便を感じたこともありません。いつか自分の弟が生まれたら、清々《せいせい》した気分でここを出ていけるだろうと思っていたのに……」

苦笑したまま、アヴェルスは恵那をみつめている。

「まさかこの歳になるまで新たな世継ぎが生まれないだとか、まさかあなたのような人が王妃として目の前に現れるだなんて、想像もしていなかった」

「……やっぱりもっと早く、本当のことを周りに言っていたら、こんなに長い間一人でいることもなかったのに」

「それはもう、どうでもいいことです。今あなたに出会えたのなら、たかだか二十五年以上の孤独にもお釣りがくる。ただ……あなたが他の男の子を産むということだけが、どうしても、我慢ならない」

アヴェルスに、荒い仕種で抱き寄せられる。恵那も自分から相手に身を寄せた。

「俺だって……アヴェルス以外の人に抱かれるなんて、絶対に、嫌です。絶対、無理だ……」

今日もこれから部屋に戻り、身支度をして、王の訪れを待つのかと思うだけで胸が苦しくなる。リュジスのことは嫌いではない。もしかしたら、アヴェルスに出会う前なら、割り切って身を委《ゆだ》ねることもできたかもしれない。

でももう相手がリュジスではなくても、他の誰であっても、アヴェルスでなければ嫌だった。

「……王に手折《たお》られる前に、俺が奪ってしまいたい」

息苦しいほど抱き締められながら、押し殺した声で告げられて、恵那は震えるほどの感覚を覚えた。

全身が震えるほど、嬉しい。

「せめて初めては、アヴェルスがいいです」

アヴェルスに伝える声までが震えた。緊張と期待と怖《おそ》れで、心臓が怖いくらい速くなっている。

目を閉じてそれをやり過ごそうとする間に、アヴェルスに抱き寄せられたときと同じくらいの荒さで、唇を奪われた。

「んっ、ん」

大きく開かされた口中をアヴェルスの舌で蹂躙《じゅうりん》されながら、恵那は干し草の山に背を押しつけられた。布越しに、柔らかい干し草に体を包まれるようで不思議な感触だ。

「もっとあなたに似合うような、選び抜いた調度品で揃えた寝室に招きたかった」

アヴェルスの言葉を聞いて、恵那は笑った。

「言ったでしょう、俺は庶民の育ちですよ。全然気にしません、というか……もうこんな歳で、夢を見るような女性でもないし……」

言いながら、恵那は途中で上手く笑えなくなり、目を伏せる。

「……あの、本当にいいんですか。見てのとおり、男ですけど」

ペンダントは今日もつけているが、それがもう何の意味もなさないことはわかっている。

初めてキスを交わした時、アヴェルスは当たり前のように、自分と恋仲になろうとする『娘』はいないと口にした。だったら、これまでアヴェルスがたとえば一夜限りの関係を結ぶことがあったとしても、それは女性が相手だったのだろう。

「何がです。俺は、あなたが俺のものではないというところ以外、あなたに何の不満もありませんが」

恵那の言わんとすることはわかっているだろうに、アヴェルスは不思議そうな顔で問い返す。

それでなぜか恵那は自分でも驚くくらいの愛《いと》しさをアヴェルスに感じて、緊張で顔を強張《こわば》らせながらも、頷いた。

「じゃあ、アヴェルスのものにしてください」

自分の人生で、誰かにこんなことを請《こ》うことがあるなんて、予想もしなかった。

その言葉を聞いた相手がたとえようもなく幸福そうに微笑《ほほえ》むのを見て、これほど胸が締めつけられるような想いを味わうということも。

「喜んで。誰よりも、ただ一人、あなただけを愛している、ユウ」

真《ま》っ直《す》ぐな愛の言葉に、初めてキスをした時以上に目が眩《くら》む。経験がないことはもう知られているので、恵那は焦ることもなく、ただアヴェルスに身を任せることにした。

恵那の唇だけではなく、瞼《まぶた》やこめかみ、鼻の先や額《ひたい》にキスを落としながら、アヴェルスが恵那のチュニックの腰で結ばれた細い布のベルトを解いていく。次には首元を隠すような襟《えり》の詰まったシャツのボタンに触れ、それをひとつひとつ器用に外していった。

肌着まで女性用のものをつけるわけにいかず、シャツの下は素肌だ。足許《あしもと》まで続く長いシャツのボタンをアヴェルスがすべて外す間、恵那は妙な呻《うめ》き声を上げたりしないよう、必死に息を詰めていた。できる限り落ち着こうと思うのに、何度深呼吸しても吐息は乱れたままだ。

シャツのボタンを外し終えたアヴェルスの手が、恵那の靴に触れる。獣の皮をなめした柔らかなブーツ。通勤用の革靴や休日に履《は》くスニーカーとはまったく違う履き心地で最初は戸惑ったのに、今はすっかり慣れてしまった。

すべて取り外す必要はないと思ったのか、アヴェルスの指は軽くブーツの革をなぞったが、それを脱がそうとはしない。

「……」

恵那は一度ぎゅっと目を閉じ、開くと、アヴェルスの体の下で身動《みじろ》いだ。

「ユウ?」

恵那が嫌がって起き上がろうとしたと思ったのか、アヴェルスが少し表情を曇《くも》らせた。恵那はその顔を見ないように、脚を曲げて踵《かかと》を自分の方へ引き寄せて、片脚ずつブーツを脱いでいく。

『成人した女性が殿方に素足を晒《さら》すということは、寝室に誘うのと同じ意味だからです』

両方のブーツを脱ぎ捨てた後、そう言ったアコニの言葉を思い出しながら、今度は膝上まである靴下の爪先《つまさき》に指をかけて引っ張った。

アヴェルスは何も言わずに恵那のすることを見下ろしている。目を逸《そ》らしていても、相手が喰い入るように自分をみつめていることが、恵那にもわかった。顔どころか、爪先まで赤くなっている気がする。どうにか右の靴下からは脚を引っこ抜けたのに、反対側が上手くいかない。伸縮性のない布で作られているせいか、緊張のあまり汗ばんでそれが肌に張りついているせいか。焦《じ》れて乱暴に靴下を引っ張ろうとする恵那の手を、そっと、アヴェルスが上から押さえた。

「それじゃ、破れてしまいますよ」

アヴェルスの手に導かれて、ゆっくりと靴下を取り去っていく。

素足になると、恵那はそうしたことを悔やみたくなるくらい、また言葉にし難《がた》い羞恥心《しゅうちしん》を覚えた。

だが自分をみつめるアヴェルスの眼差しに、より一層《いっそう》熱がこもったように見えるから、精一杯誘ってみてよかったと嬉しくなる。

「……あまり可愛いと繰り返すのは、あなたの気に障《さわ》るだろうか？」

頬に触れながら問われ、恵那は小さく首を横に振った。

「そんなの言われ慣れてないから、恥ずかしくて死にそうですけど……アヴェルスに言われるのは、う、嬉しい、です」

しどろもどろでも、アヴェルスにきちんと答えたくて、そう口にする。もう隠しごとはしたくなかった。隠そうとしたところで、魔術を使えないはずのアヴェルスの方にばかり、全部知られてしまっている気がする。

「……こういうの、何もわからないから、俺にはこれで精一杯です。あとは全部、好きにしてください」

「……」

アヴェルスはしばらくじっと恵那をみつめた後、大きな溜息をつきながら、恵那に覆《おお》い被《かぶ》さるように体を抱き締めてくる。

「きっとその言葉を、すぐに悔やみますよ、ユウ」

「えっ」

「なるべく丁寧にします。嫌な時は嫌だと言ってください。叶うなら、止まります」

アヴェルスに何かされて嫌なことがある気もしなかったが、恵那はとりあえず、頷く。

(こうしてくっついてるだけで、充分気持ちいいのに)

そう思っていると、耳許に濡れた感触がした。アヴェルスの唇が耳朶《じだ》に触れている。唇は首筋にも下り、そこを軽く吸われて、恵那は他愛なく身震いした。

「んっ……」

妙に甘い声が飛び出たことに、自分で驚く。アヴェルスはその声を引き出そうとするかのように、音を立てながら恵那の首筋を、耳の裏を、顎《あご》や鎖骨《さこつ》の方までを、唇で辿《たど》っていった。あちこちに接吻《くちづ》けられ、ときおり歯を立てられて、恵那には震えが止められない。

アヴェルスは唇を胸の方に下ろしてから、そこにある赤い石のペンダントが邪魔だと思ったのか、それも恵那の体から取り去った。

「あなたがあなたのままでいられないような道具なんて、井戸の底かボロの山にでも放り投げてやりたい」

アヴェルスの声は真剣だったが、恵那は何だか笑ってしまった。アヴェルスが少しむっとしたように恵那の顔を覗き込んでくる。

「笑いごとじゃない」

「す、すみません。何だかアヴェルスが、そういうことをやりそうに思えなくて」

「……あなたのためなら、何だってする。たとえ王をこの手にかけることになっても」

恵那はアヴェルスの言葉を最後まで言わせないように、その頬を両手で挟んで自分の方へと引き寄せた。唇で相手の唇を塞ぐ。

（嘘でも、そんなこと言わないでくれよ）

アヴェルスがリュジスを憎みながら、それでも情を持っていることは、恵那にも痛いほどわかっている。アヴェルスだってリュジスが好んでヒンメルを傷つけたと思ってはいないのだろう。王として仕方がなかったのだとどこかで考えている。だからこそ、この国の王位など要《い》らないと声高《こわだか》に言うのだ。王になるために誰かを傷つけなければいけないのなら、自分にそんなことはできないと。

（そういうあなたが好きだよ）

接吻けを交わしながら、アヴェルスの指先が、前をはだけたシャツを掻《か》き分《わ》けて恵那の腰の辺りに触れた。自分の下肢《かし》を覆う下着が男のものなのか女のものなのかは恵那にもわからない、腿《もも》の半《なか》ばまである柔らかいショートパンツのようなものを穿《は》かされている。その細い紐《ひも》をアヴェルスが解く。それを脚から引き抜かれると、恵那はシャツだけを腕にかけたまま、あとはすべて剝《む》き出《だ》しの状態で、心許《こころもと》なくなる。どうしても恥ずかしくて、シャツの前を掻き合わせ、脚を閉じた。

アヴェルスは恵那の態度に何も言わず、少し身を起こして、自分のシャツのボタンに手をかけた。シャツの下には、騎士らしく鍛《きた》え上げられた体があって、恵那はそれについみとれる。褐色《かっしょく》の肌が、小屋の外から微かに差し込む日の光のせいか、金色に光って見えた。

「……綺麗だなあ……」

無意識に呟いたら、アヴェルスがどことなく照れたような、はにかむような笑顔を見せた。

「そう言ってもらえるのなら、日頃鍛錬《たんれん》に励《はげ》んでいる甲斐《かい》もある」

「……こっちは、棒切《ぼうき》れみたいで情けない体ですけど」

運動らしい運動なんて学校の体育くらいしか覚えのない恵那は、アヴェルスの前で少し気がひける。

「綺麗ですよ。もっと、見せてください」

相変わらず、アヴェルスの言葉は真っ直《まっす》ぐだ。拒《こば》む方が恥ずかしい気がして、恵那は大きく息をついてから、固くシャツの前を合わせていた手の力をそろそろと抜いた。そのまま体の横に投げ出す。アヴェルスの手がシャツの前を再び開く。

これで何も隠すものがない。恵那は深呼吸を繰り返した。自分の体の変化は見なくてもわかる。アヴェルスとキスを交わして、抱き合っただけで、男性の象徴がゆるやかに反応していると。

(恥ずかしい)

逃げ出したい気分になる恵那の腹に、アヴェルスがそっと触れてくる。そのまま脇腹の辺りに滑《すべ》る掌《てのひら》の感触に、恵那は小さく体を強張《こわば》らせた。

「んっ」

アヴェルスの手が、そのまま、膨《ふく》らみかけた恵那の性器に触れた。

「……っぁ」

自慰《じい》すら滅多《めった》に必要を感じない体を、初めて他人の手で触れられた。アヴェルスは丁寧な仕種で、恵那を怯《おび》えさせないよう、だが逃れられない快楽を感じられるよう、その場所を撫でてくる。

恵那は必死に声を堪《こら》え、休みなく与えられる刺激をやり過ごそうと試《こころ》みた。アヴェルスに撫でられるごとにその場所がさらに固くなっていくのがわかる。柔らかく茎《くき》を擦《こす》られ、かと思えば先端を指の腹で刺激され、気持ちよさにじっとしていられない。

小さく身を捩《よじ》る恵那の下肢に触れ続けながら、アヴェルスが胸の辺りに顔を伏せる。

「あっ、ぁ……ッ」

胸の先を唇に含まれ、恵那は抑えようもなく甘い声を漏らしてしまった。男なのに、そんな場所を舐《な》められて感じてしまったことに驚く。

「や……そ、そこ、嫌です」

狼狽《ろうばい》しながら訴えるのに、アヴェルスはちっとも聞き入れようとしなかった。嫌だと言えば、止まってくれると言っていたのに。止めるどころか、ますます強い力で固くなり始めた乳首を吸い上げ、弄《もてあそ》ぶように歯の先をそこに当てたりしてくる。

「待って、本当、駄目、……ぁ……ッ」

性器を擦られ、胸を弄《いじ》られて、両方の刺激に狼狽《うろた》える。胸は性器ほど気持ちいいとも思えないのに、吸われて、舐められるたびに背中が浮いた。

このままではあまりに呆気《あっけ》なく達してしまう。ほんの少し触れられただけで、恵那は茎の先から止めどなく先走りの体液を零《こぼ》し、アヴェルスの指を濡らしていた。

（こんなふうになる、とか）

気持ちいいのだろうなという予測はあった。男同士だとどうなんだろうという不安も。実際アヴェルスに触れられると、何を取り繕《つくろ》う余裕もなく、ただただ気持ちよさそうな声を漏らすばかりになってしまった。

「あのっ、俺だけじゃ」

このままでは一人だけで終わってしまう。それではアヴェルスに申し訳ないし、自分だってみっともなくて恥ずかしい気がして、恵那はアヴェルスのズボンを掴んで引っ張った。これも充分恥ずかしい仕種《しぐさ》な気はするが、まともに頭が働かない。

アヴェルスが性器を掴む指を離したので、恵那は少しほっとした。これ以上快楽を与えられたら、本当に達してしまいそうだ。

（……で……俺だけこうなってても、仕方ないんだよな……？）

アコニから散々指導されたことを、恵那は今さら思い出す。『男性の悦《よろこ》ばせ方』をいろいろ聞いたが、自分からは到底《とうてい》できそうにない。手で愛撫するとか、口で——とか。

（でも、そうしないと、できないんだろうし……）

アコニの教え通りに振る舞うべきか。迷いながら、何となくアヴェルスの下肢に目をやった恵那は、そのままどっと顔を赤くした。

――アヴェルスだって恵那と同じような状態になっているのが、服の上からでもわかった。恵那に触れただけで、アヴェルスも充分、そういう気分になってくれているのだ。

安堵するような、逆に心を乱されるような感じがする。まだうまく思考が働かないまま、恵那はアヴェルスに促《うなが》されのろのろと脚を開いた。アヴェルスの指が、アコニに教えられて覚悟していた通りの場所に触れる。尻の狭間《はざま》、小さな窄《すぼ》まりをゆるゆるとなぞったあと、そのまま中に潜《もぐ》り込んできた。

「……ぁっ」

違和感や痛みを予想していたのに、自分があまりにたやすくアヴェルスの指を呑み込んだことに、恵那はこれ以上ないというほど狼狽えた。

「え……、あ……っ、……？」

自分の中が、アヴェルスの指を柔らかく迎え入れていることがわかる。

最初遠慮がちだったアヴェルスの動きが、間を置かずに熱っぽくなった。慎重に差し込まれた指はもう二本に増え、内壁《ないへき》を探るように蠢《うごめ》いている。

「んっ、あ、ゃ……な、何でっ？」

まるでアヴェルスに触れられるのを待っていたみたいだ。女性でなければそう簡単にいかないことくらいの知識は恵那にだってあった。女性ですら体質によっては必要になるからと、恵那の部屋には気を利《き》かせたアコニがいつも香油を用意していたのに。

アヴェルスが指を動かすたび、くちゅくちゅと、濡れた音が立つ。腹側の浅い部分を指で刺激されると、恵那の腰が引き攣《つ》れるように震えた。

(も、もしかして、魔法のせいなのか……?)

王妃として、王の体を受け入れられるように。そんなふうに体を作り替えられているのではと気づいたら、急に、怖くなる。

「や……待って、アヴェルス、やだ、嫌——」

「何が嫌?」

アヴェルスは指の動きを止めようとせず、恵那の唇の端へと宥《なだ》めるようにキスしながら訊ねてくる。

「だ、だって、こんな……気持ちいい……」

正直に告げたら笑みが返ってきて、恵那は涙目になった。

「わっ、笑わないでください、本当にこんなの、嫌で……っ、あぁッ」

奥深くまでアヴェルスの長い指が入り込んでいる。濡れた音を立てて出し入れする合間に、恵那が反応する場所を確かめるように、何度も同じ場所を擦られた。今は触れられてもいない性器が、直接刺激を与えられた時以上に反応して腹の上で反《そ》り返っている。

嫌だと口にしながら脚を開き、腰を浮かせる自分の姿が恥ずかしくて恥ずかしくて、恵那は泣き声を漏らした。

「もうやだ、俺ばっかり」

啜《すす》り上げながら言うと、もう一度唇にキスされたあと、ようやく指が抜き出された。

それでほっとする余裕もない。アヴェルスが服を脱ぐ姿から目が離せない。ベルトを外し、ボタンを外したズボンの中から、自分よりもよほど雄々《おお》しい男性器が現れたのを見て息を飲む。

(む……無理……では……?)

怯《おび》えながらも、期待しているのが自分でわかる。あれがこれから自分の中に入るのだと思うと、指で触れられた場所が変に疼《うず》く気がした。

シャツを残して他の衣服を取り払ったアヴェルスが、恵那の脚に触れる。

膝を折り曲げて脚を開かされ、覚悟を決める前に、アヴェルスの熱が恵那の体の奥へと入り込んで来た。

「……ぁ……」

内側から太く、固いものに圧迫される感じに、恵那は無意識に息を詰めた。指とは比べものにならない大きさに、また思考が飛びそうだ。

絶対に無理だと思っていたのに、恵那の体はアヴェルスのものを呑み込むように受け入れた。

あまりに間近に相手の熱を味わって、そこからどろどろに融《と》けてしまいそうな、未知の感覚に襲われる。

「……く……っ」

アヴェルスが苦しげな、だがどこか甘い声を漏らしている。

「すごいな……融かされてしまいそうだ」

相手も自分と同じ感覚を味わっているらしい。

恵那は苦しいのに、繋《つな》がった場所から喩《たと》えようのない多幸感《たこうかん》が湧き出してきて、脊髄《せきずい》と脳の奥を侵《おか》されていく感じがする。

アヴェルスは恵那の深いところで留まったまま、強い力で体を抱き締めてきた。

（アヴェルスと、繋がってる……）

頭はぼうっとしているのに、脈打つように疼く場所だけが何だか生々しい。もっとその感触を味わいたくて、恵那はアヴェルスの頭を腕で抱え込むように抱いた。アヴェルスがすぐに恵那に唇を寄せ、深く接吻けてくる。

「……ん……、……ん、ん」

何度目かのキスで、やっと恵那にも少し要領がわかってきた。自分から唇を開き、舌を差し出して絡《から》め合う。アヴェルスは拙《つたな》い恵那の仕種を喜ぶように、もっと熱のこもった動きを恵那に返した。言葉で告げられなくても、アヴェルスが自分に寄せる愛情が舌先から伝わってくる。

自分もそれを返したくて、恵那は夢中で相手の舌や唇を吸った。

「んっ」

接吻けの心地よさに陶酔していた恵那は、不意に体の奥でアヴェルスの昂《たか》ぶりが引き出される感覚に、また身を強張らせた。

「ふっ……ぁ、あ……、……ッ……」

ゆっくりと、アヴェルスが腰を揺すっていた。小刻《こきざ》みに中を突かれ、恵那はもう舌を動かすこともできなくなり、ただ唇を開いて短く声を漏らす。

（中……気持ちいい……）

アヴェルスの動きが少しずつ大きく、速くなっていく。太い先端で中を掻《か》き出すように茎を引き出されてはまた深いところまで差し込まれ、自分の内側がうねるようにその動きに応えているのがわかる。

「……あぁ……、……い……気持ちいい……」

声に出してしまっていることに自分でも気付けないまま、恵那は自覚してしまえば正気でいられそうにない言葉や声を漏らし続ける。

「熱い……融ける、駄目……、だめ……ッ」

荒く体を揺すられ、腰を強く打ちつけられて、恵那は首を振った。体の内側から怖いくらいの快感が迫《せ》り上がってくる。アヴェルスの先端が当たるたびに変になりそうなほど気持ちいい場所があった。これ以上感じるのが怖いほどで、恵那が逃がしそうになる腰を、アヴェルスが摑む。

再び強く肌を打ちつけられる音を聞きながら、恵那は息を止め、身を強張らせた。

「……んっ、……――ッ」

内側からあふれ出るような快楽に飲まれるまま、恵那は何度も身震いする。

イった、と思ったのに、何かおかしい。拙い自慰で味わう時とは違う感じに戸惑いながら、いつの間にかきつく閉じていた目を開いた恵那は、自分の性器がまだ固いままだと気づいて狼狽えた。射精していない。

「え、な、何で……」

「ああ――ここでも、気持ちよくなりましょうか」

アヴェルスも恵那と同じ場所に視線を向けると、やんわりとその茎を握り込んだ。

「ッぁ……や、駄目、触らないで」

止めようとするのに、アヴェルスはまた耳を貸してくれない。まだ全身を快楽に浸《ひた》されたままなのに、その上さらに刺激を受けたら、おかしくなってしまいそうだった。

「やだ、や……ぁ……!」

根元から擦り上げられ、恵那は堪《こら》える術がわからず、先端から白濁《はくだく》したものを吐き出した。

射精の快感で気が遠くなる。一度だけで終わらず、何度も体液が溢れ出してくる。

体をびくつかせる恵那の体を、アヴェルスがまた抱き締める。

「どこまで可愛いんだ、あなたは」

自分のどこを見てアヴェルスがそんなことをいうのか恵那には理解できなかったが、抱き締められる感触が心地よかったので、ぐったりとされるままになっておく。

（すごかった……）

ずっとひどい眩暈《めまい》を味わっているような感じがした。体の芯が熱い。その熱が自分のものなのか、まだ中にいるアヴェルスのものかもわからない。

ただ気持ちいいばかりでなく、深いところでアヴェルスと繋がる感じがどうしようもなく幸せだ。

「もう少し――動いても？」

恵那の呼吸が少し落ち着いた頃、アヴェルスが耳許で囁いた。そういえば、アヴェルスはまだ達していない。恵那はもう一度大きく深呼吸してから、こくりと小さく頷いた。

「ありがとう」

礼を言われる筋合いでもない。こっちだって、充分よくしてもらったのだから――。

そう答えようとしたのに、再びアヴェルスが内側で動き出す感触に、恵那は息を詰めた。呼吸と共に落ち着いたはずの快感が、またすぐに甦《よみがえ》ってくる。

「あっ、ぁ……あ、ん、んん……」

さっきよりも、快感の追い方がわかった気がする。気持ちいい場所に意識を凝《こ》らすとより気持ちいい。アヴェルスも感じてくれているだろうか。そう思って見上げると、熱っぽく潤《うる》んだ緑の瞳が見えて、恵那は背筋を震わせた。アヴェルスも充分すぎるほどよくなってくれているのがわかった瞬間、恵那も余計に強い快感を与えられた。

アヴェルスは恵那の腿《もも》を抱え込むようにしながら、繰り返し腰を打ちつけている。恵那は一度射精して性器は萎《な》えたままなのに、アヴェルスの熱を体の内側で感じるたびにまた誤魔化《ごまか》しようのない快感が身の内で生まれていることに戸惑った。

(何で――)

当惑しながら、アヴェルスの限界も近いことを察して、背筋の震えが止まらない。

「……んっ」

低く声を漏らしたアヴェルスが、深いところで動きを止めた。

「……ぁ……」

中に、熱い体液を注《そそ》ぎ込まれているのがわかる。

(どうしよう、こんな……)

体が熱くて、繋がった場所が熟《う》れたようにただ熱くて、頭がグラつく。快楽の余韻《よいん》がずるずると全身を覆《おお》っていた。満たされすぎて頭が変になりそうだ。

「アヴェルス……」

どうしたらいいのかわからず、恵那はアヴェルスの名前を呼んだ。

アヴェルスが優しい仕種で恵那の額に手を伸ばし、汗の滲んだ肌を拭《ぬぐ》ってくれる。

「本当に、あなただけを愛しています。心から」

溜息のようにアヴェルスが言った時、少し離れたところで黒馬の嘶きが上がり、それが妙に不満そうな響きに聞こえたものだから、恵那はアヴェルスと目を合わせて笑ってしまった。

◇◇◇

「歩けますか？」

「……まあ、一応……どうにか」

すっかり馬小屋の中で二人の時間に耽《ふけ》ってしまったあと、いい加減部屋に戻らなければアコニが探しに来るかもしれないと気づいて、恵那は名残惜《なごりお》しくアヴェルスと繋いだ体を離した。

アヴェルスが運んでくれた井戸水で体のあちこちを洗い流し、脱ぎ散らかした服を着込んで、髪についた干し草をお互い払って何とか体裁《ていさい》は整えたが——立ち上がろうとしたら、どうにも膝が笑ってしまって始末に負えない。アヴェルスに支えてもらってようやく進める状態だ。

「抱えていって差し上げよう」

「さ、さすがにそれは」

部屋に戻るまでに、人目がありすぎる。アヴェルスが恵那を抱きかかえていったりすれば、それを目《ま》の当たりにした近衛兵たちは混乱するだろうし——二人の間に起きたことを察して、大騒ぎになるに違いない。

「少し休めば、一人で歩けますから」

「一人では行かせません」

「え？」

干し草の上に座り直そうとした恵那は、アヴェルスの断固とした声を聞いて目を瞠《みは》った。

「何を言ってるんですか、アヴェルス……？」

「陛下に会いに行く」

「え――」

「あなたがもう俺のものであると告げます」

「で、でも、そんなことしたら」

「ではあなたは、このまま王や周りの者を偽《いつわ》って――自分の心を偽って、王妃としてこの国の世継ぎを産みますか？」

真正面から問われて、恵那は胸の前できつく両手を握り締めた。

そんなことができるはずもないことを、アヴェルスも自分も、先刻までの時間で思い知った。

「どうあっても陛下に許しを請《こ》いましょう。俺はどうなってもいい。ただ、あなただけは魔術を解いてもらい、自由にしてもらう」

「……俺だけ自由になって、何の意味があるんだ」

さっきまで散々アヴェルスに泣かされていたせいか、涙腺《るいせん》がどうにかしている。あっという間に涙目になる恵那を見て、アヴェルスが困ったように笑った。

「そうですね。覚悟のほどを伝えましょう。あなたと引き裂かれるくらいなら、どのみち死んだ方がましだ」

アヴェルスがそう言って差し出す手を取って、恵那は頷いた。

(とりあえずは、俺とアヴェルスがただ並んで歩いてたって、おかしなことはないはずなんだから)

そう自分に言い聞かせながら、恵那はアヴェルスと揃って馬小屋を後にした。

通りすがる近衛兵たちは、多少訝《いぶか》しげな顔をしつつも、型通りの敬礼を恵那とアヴェルスに向けるだけだった。

日が落ちかけた庭を歩きながら、恵那はそっと、自分の腹の辺りに目を落とす。

「……」

「やはり抱えていきましょうか?」

恵那が疲れているか、まだ膝が笑っていると思ったのだろう、アヴェルスが心配そうに問いかけてくる。恵那は笑って首を振った。

「大丈夫です。アヴェルスが俺を抱き上げたままリュジス王のところに行ったら、あまり『許しを請う』っていう感じじゃなくなる気がしますし」

「それもそうか……とりあえずできる限り、殊勝《しゅしょう》な調子でいきましょう」

冗談めかした声音で言うが、アヴェルスの全身が緊張している。やはり王を裏切れば酷《ひど》い罰が科《か》されるのか、それとも父王に対して良心の呵責《かしゃく》があるのか。

(両方か……)

言葉少なに歩き続け、ようやく恵那の部屋のある城館の前へと辿り着く。お互い、先に身支度を調えてから謁見《えっけん》を願うことに決めた。

「では俺は、一度戻って着がえてきますから」

アヴェルスの言葉に重なるように、慌ただしく、誰かが近づいてくる気配がする。

驚いて振り返ると、城館の入口から、サージュたち魔術師が六人ほど固まって姿を見せるところだった。

「エナ王妃殿下」

サージュがその場に膝を突き、恵那に向けて深く頭《こうべ》を垂《た》れた。恵那の隣でアヴェルスが何ごとかと眉を顰《ひそ》めている。

恵那は続くサージュの言葉を予測して、ぎゅっと目を瞑《つむ》った。

「――このたびは、ご懐妊《かいにん》、おめでとうございます」

今しも城中に報《しら》せなくてはと意気込むサージュたちを、恵那《えな》は「まず自分の口で王に報せたいから」とどうにか留《とど》めた。

「しかし陛下にも、すでに私共が報告してありますが……」

隣で、アヴェルスが身を強張《こわば》らせるのが恵那にもわかった。

「それでも、です。どうかサージュさんたちは、まだ誰にも言わずにおいてください。ほら、お披露目《ひろめ》の時に大々的に報せる方が、盛り上がるじゃないですか」

「おお、それもそうですな。ではしばし我らの胸にのみ秘《ひ》しておきましょう」

和《なご》やかな雰囲気で、サージュたちが去っていく。

「……ユウ」

恵那に呼びかけた時、アヴェルスの声は、すでに覚悟を決めたような響きだった。

恵那も震えを堪《こら》えながら、しっかりと頷く。

「どうやら俺の体にかけられた魔法は、『リュジス王の子』でなく、『カルバス王家の血を継ぐ子』を宿すというものだったみたいです」

「……俺の子が」

ぎゅっと、アヴェルスが恵那の手を強く握った。恵那もそれを握り返してから、すぐに離す。

「行きましょう。多分王様は、もう全部承知してます」

改めて身支度を済ませる余裕も消えてしまった。恵那はそのままの姿で、アヴェルスと共にリュジスのいるという謁見《えっけん》の間に向かう。最初に恵那がリュジスに会った部屋だ。

扉の前に立つ近衛兵《このえへい》に取り次ぐよう告げると、すぐにその扉が開かれた。

王の周囲には数人の貴族たちがいたが、リュジスは恵那とアヴェルスの姿を見ると、近衛兵も含めすべての人間を下がらせた。

リュジスは何を言うでもなく、ただ、高い場所から恵那とアヴェルスを見下ろしている。

その体に浮かぶ感情の色は、やはり、どうしても恵那には読み取れない。

高い場所から自分たちを見下ろす父王の前に、アヴェルスが跪《ひざまず》いた。恵那も隣でそれに倣《なら》う。

「あなたの王妃を愛してしまいました」

前置きもなく、アヴェルスが言った。

「どんな罰でも受けます。ですが願わくは、彼とその子だけは、お許しください」

「待ってください、話が違う！」

引き離されるのなら死んだ方がましだと、ついさっき言ったばかりなのに。

責める口調で言った恵那を見て、アヴェルスが今まで見た中でもっとも優しい笑みを浮かべた。

「世継ぎとその母であれば、殺されることはない。――陛下、エナ王妃が宿しているのは、間違いなくあなたの血を引く子です」

リュジスは相変わらず黙ったまま、ただ恵那とアヴェルスを見下ろしている。

相手の心がうまく読み取れないことが恵那にはもどかしかった。浮かぶ色は、怒りでも失望でも悲しみでもない。だが、それが混じっていないとも言い切れない色に見える。

「だから、王妃が産むのはあなたの子だということにすればいい。俺は王都から出ていきます。何なら、理由をつけて死罪にでも何でもしてくれて構わない」

「アヴェルス！」

恵那は強い力でアヴェルスの腕を摑んだ。

「嫌だ！　俺は絶対そんなの嫌だって言った！」

「――アヴェルス」

激昂《げっこう》して声を荒らげていた恵那は、ようやく口を開いたリュジスの低く響く声を聞いて息を飲んだ。

「やはりおまえには、王位など向いていない。いくら余《よ》の血を継いでいようとも」

アヴェルスがきつく拳《こぶし》を握り締め、湧き上がる怒りを押し殺すようにしながらリュジスを見上げた。

「俺にとっては願ってもないお言葉ですが」

「なぜ男であるエナが、余の子を産んだからとて無事でいられるなどと思った？」

「……は？」

アヴェルスが目を見開く。

恵那も、同じようにしながらリュジスを見上げた。

「世継ぎの母であれば、この先たびたび人前に出る必要がある。他国への祝賀に余と揃って向かうこともあるだろう。それが男の王妃であると知られれば、物笑いの種になる」

「――」

勢いよく立ち上がるアヴェルスの腕を、一緒になって立ちながら、恵那はしがみつくように押さえ続ける。今のアヴェルスが剣を佩《は》いていないことを心の底から感謝した。立ち上がった時、その右手が完全に自分の腰を探っていたのだ。

「では元より殺すために異界から召喚《しょうかん》したというのか！」

「サージュたちはそのつもりであろう。アコニも」

恵那は黙って目を閉じた。なるほど、と納得する。なるほど、シエロに心酔《しんすい》していたアコニがなぜ、非の打ち所のない淑女《しゅくじょ》だったという彼女の足許《あしもと》にも及ばないだろう『エナ王妃』に親身になってくれたのか。

どうせ死ぬからだ。シエロの悲願だった世継ぎだけ手に入《はい》れば、恵那自身は消えてしまった方が、アコニもせいせいするだろう。

「……今までの王妃同様、俺も子供を産んだ後、衰弱《すいじゃく》して弱って死ぬとか、そういう感じの流れになる予定だったんですね？　それで誰も不思議には思わないでしょうし」

妙にすっきりした気分になりながら、恵那はリュジスに訊ねた。

「異界からきた、しかも男の俺が王妃として居座ってたら、まあいろんな問題も起きるだろうしな……」

「何を他人事《ひとごと》のように言っている！」

アヴェルスが怒りの形相《ぎょうそう》で恵那を見て、再びリュジスを見上げた。

「あなたは我が母ばかりでなく、エナ王妃までを殺そうというのか！」

「であるから、おまえは王に向いていないと言う」

リュジスが微《かす》かに溜息を漏らし、アヴェルスがきつく眉根を寄せる。

「ならばせめて、男として、愛する者の身を守ってみせよ」

「……何？」

「エナはすでに、王家の秘術で命を落とすことはないのだぞ」

「――」

はっとしたように、アヴェルスが恵那を見る。恵那も自分の腹を押さえて目を見開き、頷いた。

「そうだ、子供を宿せば、俺の命が削《けず》られることはない……」

恵那は死ぬことなく、アヴェルスの子を産む。

「それを……あなたは認めてくれると言うのですか」

呆然とした顔で、アヴェルスがリュジスを見上げた。

「おまえ次第だ」

短く答えたリュジスの言葉を聞くと、アヴェルスが目を閉じ、自分の額《ひたい》を強く拳で押さえた。

リュジスは無言で、そんな息子の様子を見下ろしている。

少ししてから、アヴェルスが手を下ろし、改めてリュジスを見上げた。

「では。『エナ王妃』には、やはり子を産んだ後に死んでもらう」

「えっ？」

思わず声を上げる恵那を見て、アヴェルスが力強く頷いた。

「シエロ王妃と同じ程度には、大々的に国葬《こくそう》を上げてもらいましょう」

「ア、アヴェルス？」

「悪いが、そうなればあなたはもう二度と『エナ』を名乗ることはできない。だが幸い、あなたはその名にさほど未練はないようだし」

慌てていた恵那は、アヴェルスの言い回しを聞いてようやく理解した。

「ええと……俺は、というか『エナ王妃』は死んだことにするけど、俺の命は助かる……？」

「勿論《もちろん》です。葬儀の時に代わりになる遺体は、サージュにでも用意させます。あなたの素顔を知る者には何かしら根回しが必要でしょうが、それもこちらで何とかします」

恵那がリュジスを見上げると、「それでいい」とでも言うように、微かな頷きが返ってきた。

全身から力が抜けそうになる恵那に気づいて、アヴェルスが咄嗟《とっさ》に背中を支えてくれる。

「よかった……俺もアヴェルスも死なずにすむんだ……」

溜息交じりに呟いたら、恵那を支えるアヴェルスの腕に微かな力がこもった。リュジスの目がなければ恵那はアヴェルスに抱きついてしまいたかったし、アヴェルスもきっと同じ気持ちだろうということが、その腕から伝わってくる。

アヴェルスが、恵那の背に手を当てたままリュジスを見上げた。

「実際に王妃を殺す気などなかったのでしょうが。あなたも、サージュも」

リュジスは無言でいる。

「サージュはただ、強い魔力を持つ異界からの賓《まろうど》に興味が尽きないだけでしょうけど。あなたが罪もない者を利用して、不要になれば殺すだけの王だとは……どうしても思えない。心の底から悔しいことに」

言葉通り悔しげに、アヴェルスが顔を伏せた。

「母の死に対する責任があなたにないとも思いません。ですがいつでも最善の王であろうとするあなたを、その地位を放棄する俺が、無責任に問うこともできない」

溜息交じりにアヴェルスが言った時、リュジスの姿を見上げていた恵那は、小さく声を漏らしそうになった。

（……何だ。やっと、知ってる色だ）

今リュジスの体に浮かぶ色は、恵那にも見覚えのあるものだった。

父親が息子を見守る優しい心。家族を愛する暖かい色。

それは一瞬で霧散《むさん》して、すぐに再び、恵那には理解のできない色に取って代わってしまったが。

「エナ王妃亡き後は、他にまた好きなだけ新しい王妃を迎え入れるといい」

アヴェルスにはリュジスの想いはまるで伝わらないのだろうか。

もどかしいが、それでも恵那は自分が差し出口を挟んでいいところかわからず、気を揉《も》みながら父子《おやこ》の様子を見守った。

「余がシエロ以外の王妃を望んだことは一度もない。他の者が世継ぎを産むために命を落とすようなことも」

「……」

リュジスの答えを聞いて、恵那はアヴェルスが怒り出すか傷ついて黙り込むかするのではとさらに不安になったが、アヴェルスはただじっと父王をみつめているだけだ。

（……ああ。王様は決してヒンメル王妃が死ぬことを望んだわけじゃないって、ちゃんと、アヴェルスに伝わったんだ）

そう気づいて、恵那は泣きそうになった。

それがはっきりとわかるだけで、きっとアヴェルスの心を長年苦しめてきたものは、いくらか軽くなるだろう。

「……エナ王妃の葬儀が済んだ後、俺は継承権を返上《へんじょう》して、生まれてくる子の後見人《こうけんにん》となります」

少しの間を置いて、アヴェルスがリュジスにそう告げる。リュジスが片手で自分の髭《ひげ》に触れた。

「そうして新しい世継ぎの寝首を掻《か》こうとしていると、誰もが思うであろうな」

「知ったことか」

まるで揺らぐことなく、アヴェルスは言い切った。

「好き勝手な憶測を言いふらされるのには慣れている。俺の子は俺が側《そば》で守ります。子が生まれ、エナ王妃が死んだ後は、アコニや他の女官に暇《ひま》を出してください。エナ王妃を知らない、シエロ王妃にもナイアンにも関わりのない家の者を乳母につける」

アヴェルスは強い眼差しでリュジスを見上げるが、そこに王や父親に対する憎しみはもうない。

「この先、エナ王妃と子に関わることすべて、俺にも口出しさせていただく。周りが何を言おうと構わないが、邪魔になるようであればあなたの権限《けんげん》でどうにかしてください、陛下。俺がすべて、あなたの納得がいくようにしてみせますから」

「――言ったな」

可笑《おか》しげに笑うリュジスを見て、アヴェルスが大きく目を瞠《みは》った。父親が笑うところを、もしかしたらこれまで一度も見たことがなかったのかもしれない。

「承知した。委細《いさい》はすべておまえが取り仕切るように。余の妻を寝取った落とし前として、当分は休む間もなく働くがいい」

アヴェルスが今度は、訝《いぶか》しそうに眉根を寄せた。どうやら父王が口にしたのが皮肉なのか冗談なのかを測《はか》りかねているらしい。

「あっ、あのう、俺も、子供ともアヴェルスとも離れたくはないんですが」

親子のやり取りをほのぼのと観察している場合ではない。どんどん進んでいく話に慌て、恵那はさすがに割って入った。

「『エナ王妃』が死んだ後は、俺、王城《ここ》にいられない感じです……？」

「あなたには、生まれた子の師となってもらう」

そのこともとっくに考えていたというように、アヴェルスが恵那を見てすぐに答えた。

「師、ですか？」

「魔力のない俺には必要のないものだったが、王家に生まれた者には幼い頃から必ず魔術を教える師がつく。そうですね、陛下」

「余にとってのサージュであるな」

　頷いたリュジスから、アヴェルスが再び恵那に視線を戻す。

「無論、何の知識もない今のあなたには無理な話でしょうが、子が生まれるまではサージュから魔術について習うといい。エナ王妃の葬儀の後は一度王都を離れて、どこかの神殿で修行を積んでいただく。……しばらく生まれた子の側にいられないことは、辛いでしょうが」

「……でも、そのうち戻ってきていいってことですか？」

「俺もあなたと長く離れていたくはない。できる限り早く戻れるように、こちらも手を尽くします」

　力強く言うアヴェルスの言葉で、恵那はどうにか、肩の力を抜いた。

「じゃあ……俺も頑張って、魔術師としての修行を積みます。どんなものなのか俺にはさっぱり予想もつきませんけど、今の自分なら、どんなことでも耐えられると思いますし」

　恵那は隣に立つアヴェルスを見上げた。

「アヴェルスと永遠に離れなければいけないことに比べたら、何の苦労も感じませんから」

「……ユウ」

　アヴェルスが間近で恵那をみつめ返し、背を支えていた腕で、肩を抱き寄せてくる。

「俺もです。誰にも邪魔はさせません。必ず、俺とあなたと子供と一刻も早く、共に近くで暮らせるようにします」

「アヴェルス……」

恵那もついアヴェルスを抱き返そうとした時、いささかわざとらしいほど大きな咳払《せきばら》いの音が聞こえた。

「話が終わりであれば立ち去るがいい。ナイアンの使節を迎えるまでに懸案《けんあん》がいくつもある」

まだリュジスの目の前にいたことを一瞬で忘れてしまった。慌てる恵那の隣でアヴェルスがさっと床に跪き、恵那も急いでそれに倣《なら》う。

「では、失礼致します。……感謝いたします、父上」

父上、と最後に付け加えられたアヴェルスの声を聞きながら、恵那はちらりと目を上げる。リュジスの体から、また一瞬だけ先刻見たものと同じ色が揺らめくのを見て、笑みを零《こぼ》さないようするのに精一杯だった。

◇◇◇

「やはりわからないな。あの方のことは」

謁見の間を出たあと、緊張から解放された様子で、アヴェルスが息を吐き出した。

「そうですか？　俺は結構、わかりやすかったんだなあって気づいてしまいましたけど」

笑う恵那を見るアヴェルスの表情は、不思議そうなものだった。

（そもそも俺を召喚したのだって、アヴェルスのためだったんじゃないのかな）

確証は持てないし、アヴェルスは否定する気がしたので、言葉には出さないが。

リュジスはおそらくアヴェルスが自分の子であることをわかっていた。信じていた、と言い換えた方がいいかもしれない。

だがどちらにせよアヴェルスが王位を嫌がっていることも事実で、そんな彼のためにも、新しい世継ぎが必要だったのではないだろうか。

（で……世継ぎができたら、アヴェルスをここから解放するつもりだったんだろうな）

でなければ、アヴェルスが産まれてくる子の後見人になると言った時にも一瞬リュジスの体に浮かんだ喜びの色は、恵那の見間違いだったのだろう。

「俺は、結局アヴェルスと離れなくていいんですよね」

アヴェルスを信じていないわけでは決してないが、降って湧《わ》いたような幸福がにわかには飲み込み切れず、恵那はついそう確かめてしまう。

アヴェルスが大きく頷いた。

「絶対に離しません。……あなたと出会ってから、俺は自分の今の立場に感謝することばかりで、正直戸惑う」

「俺もです。救いようない人生だなって思ってたけど、全部ここでアヴェルスといられるためなんだったら、お釣りがくる」

笑った恵那の方に、アヴェルスが手を伸ばしてくる。恵那も同じ動きを取りかけたが、近衛兵が戻ってくる足音に気づいて、慌てて手を引っ込めた。

恭《うやうや》しく敬礼する近衛兵にアヴェルスが真面目な顔で頷き、恵那も顔を伏せて挨拶《あいさつ》を交わして、その場を離れる。

「……この先も人目を忍んで会わなくてはならない日が続きそうですね」

小声でアヴェルスが言い、恵那もこっそり頷いた。

「でもそのうち大手《おおで》を振って一緒にいられる時が来るって、信じてますから」

「間違いなくそうなるよう、俺がすべてどうにかします。あなたは無茶をせず、無事に私たちの子を産んでください」

「子供、かあ……」

まだ実感がない。そもそもそれが産めるような性別でもないはずなのだ。

けれどもアヴェルスと繋がった時、どこかでわかっていた。多分今、この人の子供を宿したのだろうと。

(それも秘術とやらの影響なのかな……)

考えるうち、アヴェルスと触れ合った時の感触を思い出しそうになり、恵那は慌てて頭からそれを追い出した。

「ユウ?」

怪訝《けげん》そうな顔をするアヴェルスに、微かに赤らみながら何でもないと首を振って見せる。アヴェルスが取りあえず納得した様子で頷いた。

「あまりここで一緒にいるところを誰かに見られても不審がられるでしょう。名残惜しいですが俺は自分の部屋に戻ります」

名残惜しいのは恵那も一緒だったが、アヴェルスが素早く手を取って甲に接吻《くちづ》けるから、気持ちが沈まずにすんだ。手の甲へのキスなら、万が一誰かに見られても「王妃に対する義理の息子からの敬愛の挨拶」で誤魔化《ごまか》せる。

それでもやはり、それだけでは物足りない。

「明日もまた、庭で会えますか？」

訊ねた恵那に、アヴェルスが顔を綻《ほころ》ばせて頷いた。

「勿論、必ず」

誰かとする明日の約束がこんなに嬉しかったことはない。恵那が表情を笑み崩すと、アヴェルスが素早く辺りに目を配り、サッと身を寄せて今度は恵那の額《ひたい》に接吻けてくる。

「ではまた明日、あの場所で」

あとは騎士らしい身のこなしでその場を離れていくアヴェルスを、恵那はどうしようもなく幸せな気分で見送った。

王妃と王子のエピローグ

ouhito oujino
epilogue

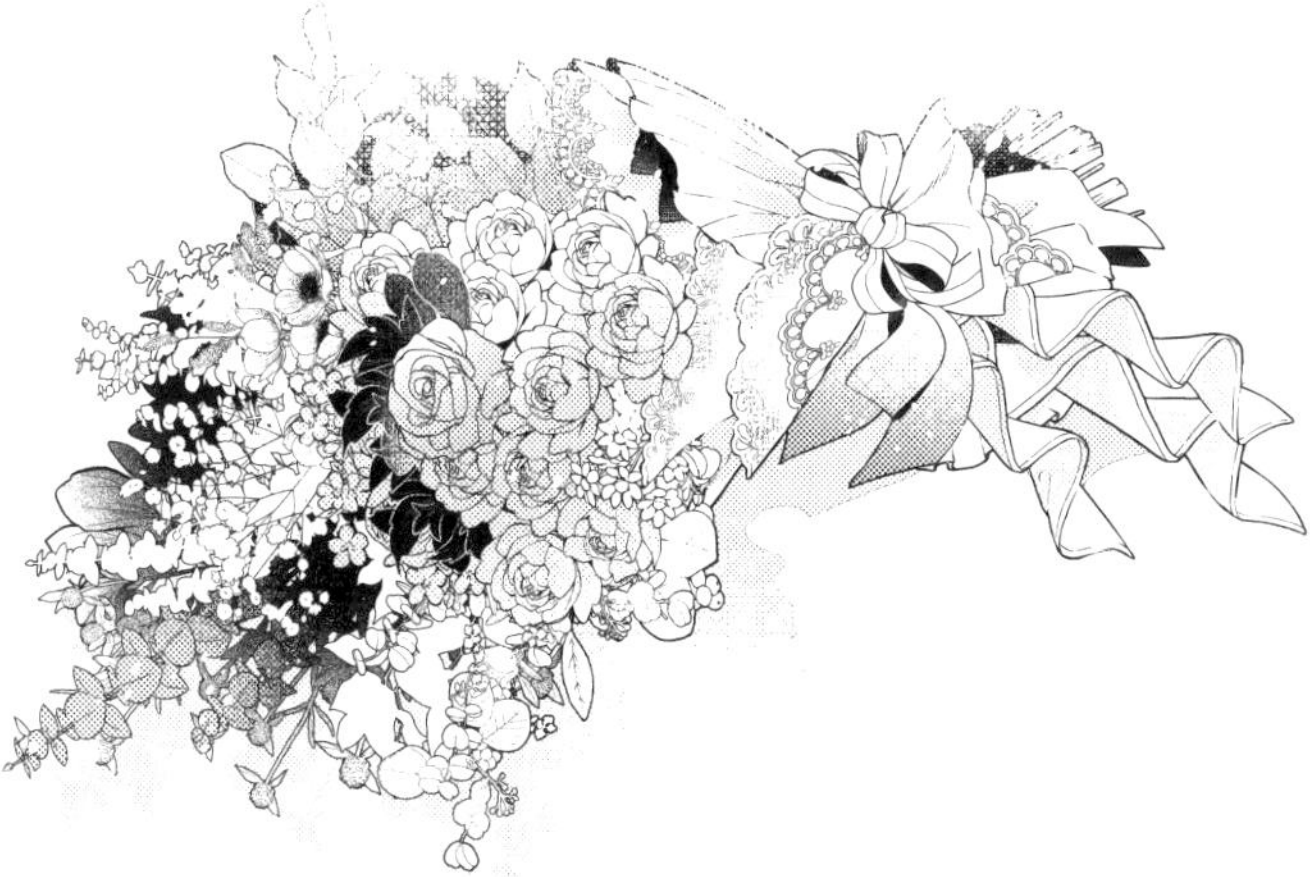

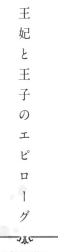

『エナ王妃』のお披露目《ひろめ》は無事終わり、そして『王妃ご懐妊《かいにん》』が正式に発表されてからの恵那《えな》の生活は、苛酷《かこく》なほど退屈なものだった。

お妃《きさき》教育の必要もなくなり、部屋の外に出ることは禁じられ、カウチから書き物机に移動するだけでも大騒ぎだ。

真夜中、ようやくアコニの小言から解放され、寝室の無駄に広いベッドで仰向《あおむ》けに横たわりながら、恵那は大きく溜息をつく。

(アコニがうるさいのはいつものことだからいいとして……もう一ヵ月以上、アヴェルスに会えてないっていうのが)

エナ王妃が世継《よつ》ぎを産んだ場合、第一王子であるアヴェルスの立場が危うくなる――というのが、この王宮内ばかりではなく、カルバス王国全体の見方だった。当のアヴェルスが王になりたくないと公言しているというのに、誰もそれを鵜呑《うの》みにしてくれない。

アヴェルスは現在、恵那の暮らす棟《むね》は勿論《もちろん》、城館本棟にすら実質出入り禁止の扱いだ。以前は晩餐《ばんさん》の時に顔を合わせることもあったのに、エナ王妃が訪れる可能性のある場所すべて、近づかないよう警戒されているらしい。

(アヴェルスがこの子の父親だってわかれば、馬鹿な誤解も生まれないのに)

だがそんな事実が露顕《ろけん》すれば、アヴェルスも恵那もリュジス王に対する叛逆《はんぎゃく》の咎《とが》で、重い罰を科されるだろう。

だから子を産むことを許され、さらにはその子ともアヴェルスとも共に暮らすことまで許されただけで、充分なはずなのだ。

(……でも本当に、うまくいくんだろうか)

『エナ王妃死亡』の計画を知っているのは、恵那以外にアヴェルス王子、リュジス王、魔術師サージュのみだ。

(……実は男であるエナ王妃が死んでしまった方が余計な火種を生まずにすむんだから、殺した方が手っ取り早いってまだ思ってるんじゃないのか。アコニだけじゃなくて、サージュさんも)

ずっと不安で、怖くて、死に真実味を持たせるための演技ではなく、本当に心身共に弱ってしまいそうだった。

(アヴェルスに、会いたい)

せめて声が聞ければ。顔だけでも見られれば、あの優しい香りだけでも感じることができれば、少しは勇気が持てる気がするのに。

アヴェルスは花や香りのいい茶葉など、さまざまな見舞い品をエナ王妃の部屋に贈ってくれているらしい。だが片っ端からアコニが処分してしまっている。エナがどれだけ捨てないでほしいと懇願《こんがん》しても無駄だった。

(いっそもう、大声で叫んで暴れ回って、外に出せって脅《おど》してやろうか)

そう思い詰めたところで、自分の体の中に命が宿っていると思えば、恵那にそんなことができるはずもなかった。腹はまだ真っ平らだし、そもそも自分が妊娠しているなんてとんでもない状況を飲み込めずにいるのに、けれども体の奥に強い魔力らしきものを感じるようになっている。他人の感情が様々な色で見えるように、自分の中にまだ未発達な、どんな心なのか判別できないけれど、たしかに何か――誰かがいることがはっきりとわかる。

それを喜ばしいと思うことは難しかった。アヴェルスの、愛する人の子供だと考えても、愛《いと》しさより心許《こころもと》なさが勝《まさ》ってしまう。そもそも子を宿せるような体ではない自分が、本当にちゃんと産んであげられるのだろうか。無事産まれたとして、計画通り本当の父親を隠したまま、自分の正体を隠したままで、一緒に生きていくことなどできるのだろうか。

体のためにも早く寝なければと思うのに、目を閉じても不安が募《つの》るばかりで、睡魔はちっとも訪れてくれない。瞼《まぶた》の裏に、アヴェルスの褐色《かっしょく》の肌が、自分に向けて微笑《ほほえ》む優しい眼差《まなざ》しが浮かんで、泣きたくなる。

「……駄目だ」

このままでは落ち込むばかりだと、恵那はのろのろと身を起こした。せめて外の空気でも味わいたくて、ベッドを下りる。この部屋で暮らし始めた当初は嵌《は》め殺《ごろ》しだった窓は、換気くらいはさせてほしいという恵那の頼みをリュジスが聞き入れ、縦長《たてなが》で上部だけ部屋側に開く内倒し窓になっている。別にもう逃げる気などないのだが、その気を起こしても部屋を抜け出すのは難しそうだった。

溜息をつきつつ、恵那は窓の鍵に背伸びして手を伸ばした。随分高い位置にあるのは、やはり逃走防止の意図があるのだろう。あらためて、自分のおかれた状況の非人道《ひじんどう》ぶりに、恵那はますます滅入《めい》ってきた。

「そりゃあ、元いたところに大した未練もないけどさぁ……」

王の子を産むためだけに元いた場所から魔法で無理矢理召喚《しょうかん》された事実がまずあんまりだ。そこで生まれて初めて人を愛して、その人と結ばれたことでお釣りが来るくらいだとは思うけれど、当のアヴェルスとは会えないまま。アコニはいちいちうるさいし、サージュも計画が漏れないようにとことあるごとに教訓めいたことを言ってくるし――。

「ユウ」

あまりに思い詰めすぎたせいだろうか。窓から吹き込んでくる風の音が、まるで優しく自分の名を呼ぶ時のアヴェルスの声のように聞こえて、エナははっとなった。

「……いや、神経やられすぎか、俺……」

「ユウ。ユウイチロウ」

だがはっきりと自分の名を呼ばれ、恵那はますます驚いて、窓の外に目を凝《こ》らした。暗がりにうっすらと庭が見えるだけだ。

「少し、下がっていただけますか」

なのにやはり、アヴェルスの声がする。混乱しながらも、恵那は言われるまま窓から離れた。

「失礼」

直後、するりと、細く開けられた窓の隙間から、暗い部屋の中へと影が滑り込んでくる。

「ア――」

アヴェルスだった。夜目《よめ》にも見間違いようなく、アヴェルスだ。思わず名を呼びそうになった恵那を見て、音もなく部屋の床に着地したアヴェルスが、自分の唇に人さし指を当ててみせる。恵那は慌てて両手で口許《くちもと》を押さえ、こくこく頷いた。

（ゆ、夢……じゃない……？）

アヴェルスは飾り気《け》の一切ない、体にぴったり沿った暗い色の服を身にまとっている。その姿をあらためて確認する間はほとんどなく、近づいてきたアヴェルスに強く抱き締められ、恵那も色々考えるより先に相手にしがみつくように抱き締め返していた。

「夜盗《やとう》の如《ごと》き振る舞いをどうかお許しください。正面からでは永遠にあなたに会わせてもらえそうになかったので」

恵那の耳許でアヴェルスが囁く。ほとんど音のしない、空気が漏れるような囁きが耳にかかり、恵那はぞくぞくと身震いした。

「一体、どうやってここまで……」

「衛兵たちに見つからないよう、屋上から。この国では浮いてしまうナイアン特有の肌の色を、今ほどありがたいと思ったことはありませんでしたよ」

「で、でも、足がかりになるようなものとか、何もなかったような」

アヴェルスが耳許で笑った気配がする。

「ちょっとした命懸けの曲芸くらい、あなたに会うためにいくらでも演じられるんですよ」

危険を冒《おか》してここまで来てくれたのだ。恵那はさらに力を籠めて、アヴェルスの体を抱き締めた。

「俺に魔力がないおかげで、外敵を探知する結界にも触れずにすむようです。あなたにも伝わらずに、ひどく驚かせてしまいましたが」

「こんな驚きなら、いくらでも大歓迎ですよ」

心から、恵那は答えた。つい先刻まで頭の中、いや全身を占めていた不安や憤《いきどお》りや怯《おび》えが、綺麗に霧消《むしょう》してしまった気がする。

アヴェルスに会えれば、触れ合えれば、何の問題もありはしないのだ。

「あなたを一人にしてしまって、本当に申し訳ない。俺が王妃に会おうとすればするほど、周囲に疑念を振りまいてしまうから——」

「こんなところ、アコニにでも見られたら、お互い身の破滅ですね」

笑って軽口を叩く恵那を見下ろすアヴェルスは、少し困った顔で笑っていた。どうも洒落《しゃれ》にならないことを言ってしまったなと悔やむ前に、アヴェルスが両手で恵那の頬に触れ、接吻《くちづ》け

てくる。恵那は大人しく目を閉じた。優しい、触れるだけのキスが繰り返される。あまり熱心になってしまっては、キスだけではすまなくなりそうな気がしたので、恵那もきっとアヴェルス同様、死に物狂いで優しいキス以上のことに進まないよう堪《こら》えた。

「いつでもあなたを想っています、ユウイチロウ」

本当の名は悠一郎《ゆういちろう》なのだと、会えなくなる前にアヴェルスに話した。元の世界での名に拘《こだわ》りなどなかったが、アヴェルスが呼んでくれるなら、ユウイチロウというのは世界で一番幸せな響きを持つ名前であると思えてくる。

「俺も。こうやって来てくれたことだけで、当分元気にやっていける気がします」

そんな恵那の言葉で不安と孤独を嗅《か》ぎ取ったのか、アヴェルスの腕に力が籠もった。

「すべてうまくいきます。必ず、そうさせます。どうか信じていてください」

「――はい。俺も絶対うまくやりますから」

無事に子供を産むことも、死んだフリをすることだって。今の恵那には、自分やアヴェルスにできないことなどもない気がした。

「――すぐに立ち去るべきなんでしょうが、あともう少しだけ」

言いながら、アヴェルスが再び恵那の方へと唇を寄せてくる。

「はい、もう少しだけ」

恵那は笑って、顔中に降ってくるアヴェルスのキスを幸福な気分で受け止めた。

あとがき

AFTERWORD

―渡海奈穂―

小説ディアプラス二〇二三年フユ号、二〇二三年ハル号と前後篇で掲載されたものに、書き下ろしを加えて文庫にまとめてもらいました、「恋した王子に義母上《ははうえ》と呼ばれています」です。

いやあ、ファンタジーとか異世界トリップをBLジャンルで堂々と書けるとか、本当にいい世の中になりましたね…。

私は昔からそういうお話も大好きなんですが、でもデビューした当初は絶対そんなプロットを通してもらえなくて、しかし最近だとむしろ歓迎される風潮《ふうちょう》なのが、とてもありがたく嬉しいです。この話を最近何度もしていてまたかと思った人にはすみません、本当に嬉しくてな。

というわけでしめしめと書かせていただいた今作でした。珍しくタイトルに悩まなかった上に割と気に入っています。

ファンタジーだとどうにも騎士タイプが好きらしく、今回もそういう攻になりました。くそ真面目な騎士か、普段はちゃらちゃらしてるけど実は凄腕《すごうで》、みたいなわかりやすい人が好きです。

恵那《えな》は『義母っぽくしよう』と思いましたが義母っぽい受ってそもそも何だ…？　今でもよ

くわからないんですが、でも何か義母っぽいなと自分で思うので成功なのかもしれません。私の中では。

二人のやり取りを書くのが楽しくて、特にアヴェルスのちょっと芝居がかった丁寧さみたいなのと、女性のふりをしなくちゃいけない手前それにつき合ってる感じになる恵那、っていうのを前のめりで書いた記憶です。現代日本にいたら絶対こんなこと言わないだろうな〜、と恵那も思っていたと思います。言葉遣いにせよアヴェルスに対する気持ちの吐露《とろ》にせよ。


楽しすぎたせいか結構枚数を喰った割に、どうも書き足りないなと思う部分もあります。恵那とアヴェルスの前には難題がまだまだたくさんありますし。書き下ろしで子供が生まれた後の様子などをササッと書いてしまおうかとも思ったんですが、それにしてもページが足りなすぎるし（本篇を書きすぎたよ）、ササッと書いてしまうには私の楽しみが薄れてしまうな…などという気持ちがありまして、書き下ろしはあんな感じになりました。

で、それの原稿を読んだ担当さんから「子供が生まれてないっていうことは、もしかして続きがありますか？」と聞かれて、そういうつもりでもなかったんですが、流れで続きを書かせていただくことになりました。

雑誌でたくさんご感想をいただいたおかげもすごくあると思います、アンケートを送ってくださったみなさま、本当に本当にありがとうございます。

そうお待たせせずにお届けできるんじゃないかなと思います。多分。

雑誌に引き続き、文庫でもももちゃろさんにイラストを描いていただきました。かっこいいし美しい！　前後篇に分かれてしまったせいで（体調を崩して入院してしまったのでした、諸所《しょしょ》大変ご迷惑をおかけしました…）、後篇はキャラデザを舐《ねぶ》るように眺めながら書くことができて、イメージも広がり最高でした。ありがとうございます…！　あと前後篇に分かれてしまったせいで二回も扉絵が見られて最高でした。すみません。ありがとうございます。

好きなものをギュッと詰め込んだ自分でもお気に入りの一冊になりましたが、読んでくださった方にも、多少なりとも楽しんでいただけていたら嬉しいです。そしてひとことなりともご感想をお聞かせいただけるとますます嬉しいです。

ではでは、叶うならば、続篇でもお会いできますように！

渡海　奈穂

この本を読んでのご意見、ご感想などをお寄せください。
渡海奈穂先生・もちゃろ先生へのはげましのおたよりもお待ちしております。

〒113-0024　東京都文京区西片2-19-18　新書館
[編集部へのご意見・ご感想] 小説ディアプラス編集部
「恋した王子に義母上と呼ばれています」係
[先生方へのおたより] 小説ディアプラス編集部気付　〇〇先生

- 初 出 -
恋した王子に義母上と呼ばれています：小説ディアプラス23年フユ号（Vol.88）、23年ハル号（Vol.89）
王妃と王子のエピローグ：書き下ろし

[こいしたおうじにははうえとよばれています]
恋した王子に義母上と呼ばれています

著者：**渡海奈穂** **わたるみ・なほ**

初版発行：2024年2月25日

発行所：株式会社 新書館
[編集] 〒113-0024
東京都文京区西片2-19-18　電話（03）3811-2631
[営業] 〒174-0043
東京都板橋区坂下1-22-14　電話（03）5970-3840
[URL] https://www.shinshokan.co.jp/

印刷・製本：株式会社 光邦

978-4-403-52594-0 ©Naho WATARUMI 2024 Printed in Japan

2024年4月、電子限定発売!!

元魔王の逆《ぎゃっ》行《こう》魔術師は恋と快楽に堕《お》ちる

Naho Watarumi & Kyo Kitazawa

渡海奈穂　カバーイラスト:北沢きょう

禁忌《きんき》の黒魔術使いとして
〈残虐王《ざんぎゃくおう》〉アルシーザに処刑された〈魔王〉フィオン。
目覚めたら時を20年ほど遡《さかのぼ》り、幼い姿に戻っていた。
今度こそ真っ当に生きようと人生立て直しを図《はか》るが、
フィオンにはあらゆるものを魅了する性質があった。
夜な夜な現れる精霊に不埒《ふらち》な真似を仕掛けられ、
すっかり感じやすい体に開発されてしまう。
快楽に流されまいと己を律すること5年。
ようやく入学した全寮制の学院で、
フィオンは若きアルシーザ王子と再会し……!?
逆行再会から始まるエロティック・ファンタ

motomaou no gyakkoumai
koi to kairaku ni o

SHINSHOKAN

ISBI
定価は
無断転載
この作品は